회사원
마스터
Businessman
Master

회사원 마스터 2

에바트리체 장편 소설

초판 1쇄 찍은 날 § 2015년 6월 18일
초판 1쇄 펴낸 날 § 2015년 6월 25일

지은이 § 에바트리체
펴낸이 § 서경석

편집책임 § 이창진

펴낸곳 § 도서출판 청어람
등록번호 § 제387-1999-000006호
등록일자 § 1999. 5. 31
어람번호 § 제2-2154호

주소 § 경기도 부천시 원미구 부일로 483번길 40 서경B/D 3F (우) 420-822
전화 § 032-656-4452 팩스 § 032-656-4453
http://www.chungeoram.com
E-mail § chungeorambook@daum.net

ⓒ 에바트리체, 2015

ISBN 979-11-04-90283-3 04810
ISBN 979-11-04-90281-9 (세트)

FUSION FANTASTIC STORY

에바트리체 장편 소설

회사원 마스터

Businessman Master

2

도서출판 청어람

목 차

제1장

인턴 혁명

"그래서 내가 말이야! 왕년에는⋯⋯."

조용한 바(Bar) 한가운데에서 지점장의 걸걸한 목소리가 울려 퍼진다.

가게 내를 은은하게 채우고 있는 재즈 음악에 전혀 어울리지 않는 취기의 소음이었지만, 가게 주변에는 지점장의 행패를 크게 신경 쓰는 사람은 없었다.

저마다 제각각 술에 취해 정신이 혼미한 상태에서 막무가내로 술잔을 기울이고 있었기 때문이다.

대부분 혼자 왔거나 아니면 많아야 두 명 정도.

가게 규모도 애초에 큰 편이 아니었기에 소규모의 손님들만이 바를 차지하고 있었다.

카운터에서 여성의 몸매 굴곡이 그대로 드러나는 원피스 차림을 한 여성이 말없이 취객이 되어버린 지점장을 상대 중인 민철을 바라본다.

"우리 매장 녀석들은 마인드가 안 되어 있어, 마인드가!!"

"그렇군요. 지점장님의 말씀대로 마음가짐이라는 건 중요합니다."

화술의 기본은 바로 '청취'에서 비롯된다.

말을 잘하기 위해서는 우선 상대방의 말에 귀를 기울여야 하는 법.

그러나……

술 취한 상대방의 말에 귀를 기울이는 건 민철로서도 제법 괴로운 일임에는 틀림이 없다.

마치 망나니를 상대하는 듯한 그런 기분!

이성적인 공격 방식도 통하지 않는 막무가내 칼부림에 민철은 그저 경계를 취하며 녀석의 동태를 확인한다.

부우우우웅!!

매서운 거대한 칼이 요리조리 휘둘러진다.

바람을 가르며 묵직하게 휘둘러지는 무기에 민철은 좀 더 신중하게 상대방을 관찰한다.

약점은 보인다.

그러나 함부로 치고 들어갔다간 오히려 자신이 상처를 입을 수가 있다.

기다린다.

기다려야 한다.

인내심(忍耐心)만이 해결책이 된다.

저렇게 마구잡이로 칼을 휘두르는 건 예상치 못한 공격을 선사할 수 있다는 장점이 있지만, 그와 동시에 치명적인 약점이 있다.

그건 바로…….

"으음… 쿨…….”

제 풀에 스스로가 이기지 못하고 쓰러진다는 것이다.

결국 술의 기운에 이기지 못해 그대로 테이블 위에 엎드린 채 잠에 빠져 버린 지점장.

막무가내 공격을 휘두르던 망나니가 그 거대한 칼을 지면에 내려놓고 본인이 알아서 쓰러진다.

민철은 자신의 칼을 휘두르지도 않았으면서 공짜 승리를 가져간다.

물론, 그만큼 녀석이 쓰러질 때까지 지체된 시간이 아깝기는 하지만 말이다.

겨우 끝났나 싶은지 민철이 술잔을 살짝 기울이면서 바텐 더 여성을 바라본다.

"미안합니다, 마담. 괜히 취객 한 명 데려와서 가게에 폐를 끼치게 되었군요."

"호호, 아니에요. 그것보다 용케도 저희 가게를 알고 찾아왔네요. 이 근처에 있다는 걸 어떻게 알았어요?"

"체린에게 물어봤죠."

"어머나, 이제는 이름으로 부르는 사이가 되었나 보네요."

마담이 음흉한 눈빛으로 민철을 쳐다본다.

작은 바를 운영 중인 마담은 체린과 고등학교 동창생으로서, 민철이 자주 체린과 데이트를 즐길 때 마담을 한두 번 만난 적이 있었다.

바를 운영하고 있다는 말은 들은 적이 있지만 실제로 마담이 운영하고 있는 가게를 와보는 건 이번이 처음이었다.

"그나저나 괜찮아요? 민철 씨."

"무엇을요?"

"그 사람이 '우리 조카랑 잘 연결해 줄게'라고 하는 말을 들은 거 같은데. 체린이 알면 무진장 화낼 텐데요?"

"비밀로 해주시면 안 될까요?"

"어머나, 맨입으로요?"

눈가 밑에 찍혀 있는 눈물점이 요염한 눈웃음을 자아낸다.

"무엇을 바쳐야 마담의 입막음이 가능한가요?"

"글쎄요. 듣기로는 민철 씨가 밤의 황제라고 들었는데요."

"체린이한테 들었나요?"

"네. 저도 젊은 남자는 싫어하는 편이 아니거든요."

"체린에게 몹쓸 짓을 하라고 대놓고 유혹하시는군요."

"후후, 농담이에요."

짓궂은 농담을 하는 마담이 컵을 닦으면서 조용히 속삭인다.

"방금 들었던 일은 체린에게도 비밀로 할 테니까 안심하세요. 저도 근처 샐러리맨들 많이 상대해 봐서 알아요. 말의 장단을 적당히 받아주는 것도 다 회사 생활의 일환이라는 걸요."

"알고 있다니 안심이 되네요."

"하지만 체린의 눈에 눈물 맺히는 일은 가급적이면 삼가주셨으면 하지만요."

"명심하겠습니다."

"그런 의미로 이건 제가 주는 선물이에요."

고급스러운 술병 하나를 내미는 마담.

한눈에 봐도 제법 가격이 나갈 법한 술로 보인다.

"받아도 되나요?"

"네. 제가 주는 입사 선물이에요."

"부담스러운 선물을 또 받게 되었군요."

"체린한테는 차도 받았다면서요? 이건 그에 비하면 아무것도 아니잖아요. 그리고 정 부담스러우시면 나중에 회식 마치고 나서 조용히 술 마시고 싶은 장소 필요하면 직장 동료들 데리고 오세요. 가게 매상 좀 올려주면 되니까요."

"하하, 기억해 두겠습니다."

여성의 부탁을 칼같이 거절하는 건 신사로서의 소양이 아니다.

그 사실을 알기에 민철은 무리한 거절을 하지 않고 마담의 선물을 정중히 받아 든다.

그나저나 취해 버린 지점장은 대리운전을 불러서 집으로 데려다준다 하더라도.

"잘 곳이 없군……."

정작 민철 본인은 잠을 잘 만한 장소가 없었다.

근처 모텔에서 잠을 잘까 하다가 왠지 손해 보는 느낌이 든다.

차라리 매장에서 잠을 잘까?

어차피 민철은 아까 몰래 매장 입구 비밀번호와 더불어 사무실 비밀번호까지 외워둔 상태다. 마음만 먹으면 들어가서 매장에서 잘 수도 있지만…….

"잘 곳이 필요하다면 저희 집에서 자세요."

"네……?"

마담의 말에 민철이 살짝 놀란 표정을 짓는다.

"어머, 이번에는 유혹하는 거 아니에요. 어차피 오늘은 동 틀 때까지 가게 열 거니까 민철 씨는 아침에 일찍 일어나서 매장으로 출근하시면 되잖아요."

"…그래도 되는지……."

"나쁜 짓은 안 할게요. 맹세해요."

마담이 장난스럽게 오른손을 올리며 선서 포즈를 취한다.

오히려 이런 건 남자인 민철이 해야 하는데 마담이 하니까 민철 본인도 모르게 미소가 슬쩍 지어진다.

"그럼 신세 좀 지겠습니다."

"전 오전 8시쯤 집에 들어갈 예정이니까 그전까지는 집 비 위주시면 되요. 물론 늦잠 자고 있으면 제가 나쁜 짓을 해서라 도 깨울 테니까요."

실로 무서운 경고를 하는 마담의 말에 민철은 쓴웃음을 지 을 수밖에 없었다.

다음 날 아침.

마담의 집은 여자 혼자 살고 있는 집치고는 꽤나 넓은 축에 속했다.

숙박을 하기 전에 편의점에서 간단하게 1회용 여행 세면도 구를 사 온 민철은 세면 세족을 마친 뒤 출근 준비를 서두른다.

마담의 집에서 나와 출근을 서두르려는 민철의 스마트폰이 요란하게 진동한다.

"여보세……."

─어제 유나 집에서 잤다며.

말에 가시가 돋친 체린의 말이 아침부터 민철의 귓가를 자극한다.

아마도 마담이 연락했을 가능성이 농후하다.

"뭐… 그런 셈이지."

─아무 일도 없었겠지?

"마담은 이제 막 가게 문 닫고 집으로 오는 중이야. 나는 지금 출근하는 중이고."

─…알았어. 아무튼 이번 주 주말에 무조건 시간 비워. 알겠어?

"노력해 볼게."

벌써부터 본처 행세인가.

민철보다 연상이면서도 가끔 이렇게 질투하는 모습은 귀엽게 느껴지곤 한다.

아마 체린 본인도 마담과 민철이 같은 이불에서 잤을 거란 생각은 하지 않았을 것이다. 하지만 그래도 여자는 자신의 남자가 다른 여자의 집에서 신세를 지는 걸 매우 불만으로 생각할 것이다.

그것이 비록 친한 친구 사이여도 말이다.

"이번 주 주말은 체린의 기분을 풀어주는 데에 집중해야겠 군."

출근을 하기도 전에 벌써부터 주말 일정이 잡혀 버린 민철 은 가볍게 한숨을 쉬며 매장으로 향한다.

뚜벅뚜벅.

구두 굽 소리를 내며 출근 준비를 서두르는 민철의 눈앞에 예상대로 민철과 비슷한 시간대에 출근하는 인물이 기다리고 있었다.

"민철 씨, 어제는 괜찮았어요?"

석인이 민철에게 다가오면서 어제의 상황을 묻는다.

술이 가득 담긴 사발을 통째로 목구멍 안에 붓다시피 했으 면서도 끝까지 2차에 남아 지점장을 상대했던 민철.

괜찮을 리가 없다는 것을 알면서도 석인은 민철이 걱정되 어 매장 입구에서부터 그를 기다리고 있었다.

"괜찮습니다, 하하. 그나저나 석인 씨는 역시 출근이 빠르 시군요."

"인턴이잖아요. 정규직 전환을 노리려면 조기 출근 정도는 기본이니까요. 본래 인턴이라는 건 이런저런 눈치를 많이 봐 야 해요."

같은 인턴이라고는 하나 석인은 그래도 자신이 민철보다

1개월 선배인 티를 가끔 내곤 한다.

평소와 같이 간단하게 매장을 청소하고 손님을 맞이할 준비를 끝내자 슬슬 사원들이 모습을 드러낸다.

고 과장은 30분 정도 늦은 출근 시간을 보였지만, 지점장은 오전에는 모습을 전혀 보이지 않았다.

"어허⋯ 죽겠네⋯⋯."

술 냄새를 풀풀 풍기면서 겨우 지점장이 매장에 모습을 드러낸 시각은 오후 2시가 다 되어서였다.

'술에 절어 사는 지점장이라⋯⋯.'

왜 지점장이 고 과장에게 자신의 업무 평가를 맡겼는지 이제야 알 거 같다.

가급적이면 최대한 업무를 줄이고 술자리에만 참석하고 싶어 하는 지점장의 욕망이 외부에 그대로 드러났기 때문이다.

입사 1일 차에 불과한 민철이 눈치챌 정도인데 다른 사원들은 오죽하겠는가.

"민철 씨, 석인 씨."

윤 주임이 민철과 석인을 호출한다.

매장에서 대기를 타고 있던 둘이 윤 주임의 부름에 발걸음을 옮긴다.

"다름이 아니고, 어제 수고했다는 의미로 내가 커피나 쏘려고. 어때, 잠시 휴식이라도 취하는 게."

"하지만 손님이 올지도⋯⋯."

"괜찮아. 이 시간대에는 거의 손님이 안 오거든."

어쩔 수 없이 윤 주임의 뒤를 따라가는 민철과 석인이었다.

자판기 커피를 한 잔씩 든 윤 주임이 가볍게 한숨을 내쉬며 민철을 바라본다.

"어제는 수고했어, 민철 씨."

"아닙니다. 그보다 윤 주임님이야말로 어제 잘 들어가셨나 요."

"나야 뭐⋯⋯."

뭔가 말을 하려다가 이내 입을 닫은 윤 주임.

그러나 마지못해 주변의 눈치를 보더니 슬쩍 입을 연다.

"사실은 어제 고 과장님 따라서 2차 갔거든."

"별도로 따로 2차를 가졌다는 겁니까?"

"그런 셈이지. 지점장님이 가시자마자 고 과장님이 자기가 쏘겠다고 강제로 2차 데리고 갔거든."

"이런⋯⋯."

어제 민철이 희생한 의미가 없어진 셈이다.

"회사 생활이 원래 그래. 직급 있는 사람일수록, 그리고 부하 직원이 많을수록 자신이 갑(甲)의 기분이 되고 싶은 건 마찬가지니까. 권력 욕심이라는 거지."

"전부 다 2차에 가신 겁니까?"

"남자 사원들은 대부분 갔고, 여자 사원들은 태희 씨하고 수지 씨 정도?"

수지는 인턴이기에 어쩔 수 없이 2차에 합류했을 것이다.

그러나 태희는 조금 예상외였다.

"태희 씨는… 그거지 않습니까."

석인이 슬쩍 대화에 참가하면서 남이 들을세라 목소리를 죽인다.

"사무실에서 고 과장님이 대놓고 태희 씨 성희롱 대상으로 삼으니까 반강제적으로 데리고 간 셈이잖아요."

"그렇긴 하지. 태희 씨도 그걸 알지만 차마 거절할 수도 없었고."

안락한 사무실에서 근무한다는 건 그다지 좋은 일만 있는 것은 아니다.

점점 심곡 지점이 내부적으로 어떤 문제점을 보유하고 있는지 파악해 가는 민철은 작은 결심을 한다.

'윗물이 맑아야 아랫물이 맑다고 했던가.'

이틀이면 충분하다.

심곡 지점의 내부 분위기가 어떻게 돌아가는지 대략적으로 알아차린 민철이 머리를 굴린다.

'우선 고 과장 문제를 먼저 해결해야겠군. 업무 평가로 나에게 강제적으로 은덕을 입게 하려는 건 괘씸죄에 속하니까.

그리고 지점장은⋯ 사람이 업무에 열성이 없지만, 그런 타입은 대개 꼭두각시로 조종하기에는 딱 안성맞춤이다.'

우선 두 사람을 공략한다.

민철에게는 사소한 계획에 불과하지만, 심곡 지점에게는 커다란 변화의 바람이 불어올 수 있다.

그렇게 속으로 앞으로의 계획을 짜던 민철의 스마트폰이 요란하게 울린다.

번호는⋯ 저장이 되어 있지 않은 모르는 전화번호였다.

스펨일 수도 있지만 민철은 바깥 공기도 마실 겸 자리에서 일어선다.

"전화 좀 받고 오겠습니다."

"그래. 천천히 통화하고 와."

"네."

윤 주임에게 가볍게 고개를 끄덕인 민철이 매장 바깥을 나선다.

제법 쌀쌀한 겨울 날씨가 민철의 몸을 감싸기 시작한다.

"여보세요? 이민철입니다."

자신의 신분을 먼저 밝힌 민철.

그러나 그 뒤에.

민철이 전혀 예상치 못한 목소리가 들려온다.

—이민철 씨인가.

"예, 맞습니다. 누구십니까?"

―나일세, 서진구.

청진그룹의 공동 창업자, 서진구가 민철에게 통화를 걸어온 것이다.

*　　*　　*

청진그룹 공동 창업자, 서진구의 연락에 민철은 다시금 빠르게 머리를 굴릴 수밖에 없었다.

어떻게 서진구가 민철의 폰 번호를 알고 있느냐는 어차피 중요하지 않다. 사소한 문제일뿐더러 이력서에 개인 정보를 적어냈는데 열람만 할 수 있으면 언제든지 알아낼 수 있으니까 말이다.

중요한 건 왜 서진구가 민철에게 연락을 해왔냐는 뜻이다.

"오랜만입니다, 서진구 전 부사장님."

―그렇게 딱딱하게 굴지 말게. 아, 그리고 비공식이기는 하나 지금은 일시적으로 한경배 회장님의 대리직을 맡고 있으니 그렇게 알아두고.

만약 이 사실을 청진전자 부사장인 남성진이 접했다면 엄청나게 스트레스를 받았을 것이다.

서진구는 가장 대표적인 회장파 세력의 인물이다.

그런 그가 회장의 대리를 자처하고 있다면, 한번 은퇴했던 청진그룹에 다시금 발을 담글 가능성도 농후했다.

그러나 간과하지 말아야 할 점은 서진구는 회장 자리를 노리고 있지 않다는 점이다.

그것만큼은 서진구가 확실하게 못을 박아뒀기 때문이다.

─조만간 중요한 이야기를 좀 나눌까 해서 말이야. 혹시 시간 되나?

"중요한 이야기라 하심은……."

─사실 회장님께서 한 가지 계획을 사전에 준비하고 계셨다네. 이번 면접에 직접 참관한 것도 그 계획의 일환이었지.

"저도 그 계획이 무엇인지 알 수 있습니까?"

─미안하지만 상세하게 알려줄 수는 없네. 내가 무슨 말을 하는지 알고 있겠지?

서진구의 말 뜻을 살펴보면 아직 민철을 신뢰할 수 없다는 의미이기도 하다.

하기사.

서진구의 태도는 지극히 당연한 것이다.

만난 지 얼마 되지도 않은 사람에게, 그것도 이제 막 인턴으로 입사한 신입에게 중요 기밀을 털어놓을 바보 임원은 찾아보기 힘들다.

─여하튼 실력을 좀 더 쌓고, 실적을 쌓게 되면 자네에게 모

든 것을 이야기하지. 우선은 그전에 얼굴이나 볼까 해서 말이야. 주말에 시간이 되나?

"주말……."

하필이면 체린과 약속이 잡힌 날이다.

이래서 여자들이 맨날 '나보다 일이 중요해?!' 라고 윽박을 지르는 건가 보다.

물론 민철의 대답은 정해져 있었다.

"구체적인 날짜와 시간을 알려주신다면 감사하겠습니다.

—허허, 미리 약속이 잡혀 있나 보군?

"예. 하지만 편하신 대로 시간을 비워주신다면 제가 거기에 어떻게 해서든 맞추겠습니다."

—그럼 토요일 저녁 10시쯤으로 잡지.

"알겠습니다."

통화를 종료한 이후 민철은 곧장 체린에게 전화를 건다.

얼마간의 신호음이 이어진 끝에 체린의 청아한 목소리가 스마트폰을 통해 들려온다.

—무슨 일이야?

"그러고 보니 우리, 주말에 만나기로 한 거 시간대를 안 정했잖아. 날짜하고."

—…그랬었지.

이후 민철은 체린과 합의하여 일요일 저녁 때 보기로 약속을 잡게 되었다.

군이 사랑과 일, 둘 중에 하나를 포기할 이유는 없다.

둘 다 손에 넣으면 될 일이니까.

매장으로 돌아온 민철은 예상치 못한 트러블을 맞이하게
된 석인을 목격하게 된다.

"아니, 지금 그게 말이라고 해요? 여기 매장 믿고 제품 산
건데 이제 와서 못 해주겠다니요!"

"그치만 그건 애초에 수리 가능 상태가 아니라 제품을 하나
새로 사셔야……."

"어머, 이 사람 봐! 말이 되는 소리를 해요! 고장 난 제품은
고쳐 줘야 하는 게 서비스 센터 일 아니에요?"

막무가내로 목소리를 높이며 대뜸 따지고 보기 시작하는
한 아줌마.

그 앞에서 식은땀을 뻘뻘 흘리며 이건 수리 불가능한 제품
이라는 말을 늘어놓는 석인이었다.

"다른 건 다 필요 없고 사장 불러와요, 당장!"

"고, 고객님. 그건……."

석인이 연신 당황스러운 표정을 하고 있는 사이에 슬쩍 민
철이 다가온다.

"안녕하세요, 고객님. 무슨 일 때문에 그러신가요?"

"당신이 사장이야?"

"지점장님은 아니지만, 그래도 제가 한번 제품을 볼 수 있을까요?"

못마땅한 시선으로 민철을 바라보던 아줌마가 슬쩍 스마트폰을 내민다.

깨져 버린 액정 화면.

게다가 케이스까지 완전히 박살이 나서 안에 있는 부품들이 거덜 난 상황이다.

'이걸 어떻게 A/S로 해결할 생각을 했지.'

말 그대로 박살이 난 제품이었다.

하지만 민철은 세심하게 제품을 바라본다.

이윽고 여성에게 살짝 고개를 숙이며 양해를 부탁한다.

"제가 잠시 서비스 센터 상담 직원과 이야기해 보고 오겠습니다. 잠시만 기다려 주실 수 있겠습니까?"

"…고칠 수 있나요?"

"수리 직원이 가능하다면 말이죠."

민철이 미소를 선보이며 박살 난 스마트폰을 곱게 다시 봉지 안으로 넣는다.

"자, 휴게실에 가서서 잠시 기다리시죠. 커피 한 잔 가져올까요?"

"…흥."

능청스럽게 여성을 안내하는 민철.

그 모습을 보던 석인이 혀를 내두르며 작게 속삭인다.

"민철 씨, 그 제품은 누가 봐도 수리 불가능이에요! 차라리 잘 말해서 돌려보내는 편이……."

"석인 씨는 보고만 계시면 돼요."

민철과 여성 고객의 기 싸움은 이미 시작된 것과 다름이 없다.

윤 주임, 그리고 고 과장도 잠시 자리를 비운 상황에서 인턴인 석인이 식은땀을 흘리면서 커피 한 잔을 여성에게 내온다.

그사이 민철은 서비스 센터로 올라가 수리 직원인 오근성에게 문의를 해본다.

"이건 수리보다 차라리 하나 사는 게 좋겠는데요."

근성도 보자마자 그런 말을 했다.

그러나 그 대답은 민철도 알고 있다.

심지어 A/S 보장 기간 2년을 넘기기까지 했다.

제품은 구형 제품 중에서도 구형인 스마트폰.

무리라는 걸 알지만 대부분 이런 고객은 심심치 않게 모습을 드러낸다.

억지를 부리면 어떻게든 다 해결될 거라고 생각하는 고정관념이 그들을 본성에 지배당한 동물로 만들어 버린다.

사납게 날뛰는 암사자를 잠재우는 것이 바로 민철이 도맡게 된 임무다.

1개월 인턴 선배라고는 하지만 석인도 마찬가지로 신입에 불과하다.

아니, 정직원도 아닌 인턴이 막무가내식 암사자를 어떻게 막아낼 수 있겠는가.

초보 검투사는 절대로 상대가 되지 못한다.

그렇다면.

노련한 조련사, 이민철이 나서는 수밖에!

"근성 씨, 뭐 좀 하나 확인할 게 있는데요."

민철은 빠르게 암사자를 잠재우기 위한 무기들을 손에 거머쥐기 위해 행동에 임하기 시작한다.

휴게실로 다시 내려온 민철은 커피만 2잔째를 비우고 있는 여성 고객에게 여전히 미소를 지으며 다가온다.

"고객님, 해당 상담원에게 문의를 해봤지만, 역시 수리가 불가능합니다."

"뭐예요?! 수리도 못 해주면서 제품을 팔았다는 건가요! 서비스가 완전 엉망이잖아!"

"게다가 이 제품은 A/S 보장기간도 넘은 것으로 판명이 되었습니다. 저희가 해드리고 싶어도 무상으로 수리할 수는 없을 거 같습니다."

"그래도 이 매장에서 샀으니까 당신들이 알아서 해야 할 거 아니에요?!"

"유상으로 수리는 해드릴 수 있지만, 수리를 하는 것보다 차라리 신제품을 하나 구입하시는 게 어떤가요? 가격으로 따지면 신제품을 사는 편이 훨씬 더 효율성이 좋습니다. 게다가 제품의 퀄리티도 좋고요. 이번에 저희가 새로 내놓은 스마트폰 기종인데, 한번 보세요."

민철이 다가와 여성 고객에게 번쩍번쩍 윤기가 도는 새로운 스마트폰 기종을 내민다.

수리를 할 수 없는 합리적인 근거를 대면서, 동시에 여성 고객이 들고 온 제품이 구형이라는 점을 간파해 일부러 신형 제품을 동시에 보여준다.

호기심을 보인 암사자가 어슬렁어슬렁 민철에게 다가오기 시작한다.

본래 사람은 본능, 즉 '분노'라는 감정에 지배되면 어떠한 합리적인 이유를 대도 통하지 않는다.

그렇기에 민철은 일부러 서비스 상담 직원에게 다녀오겠다고 하면서 여성을 휴게실에 남겨두고 시간을 벌어뒀다.

암사자의 분노를 잠재우기 위해서 필요한 것은 바로 '시간'이었다.

시간이 지나면 지날수록 머리끝까지 쏠려 있던 혈액들은 다시 제자리를 찾아간다.

더욱이 냉커피를 통해서 심적 안정을 어느 정도 찾았을 무렵, 일부러 시간을 계산한 민철은 여성 고객에게 다가와 수리를 할 수 없는 구체적인 근거를 대면서 동시에 신제품을 홍보한다.

수리비와 신제품 구입비.

둘 중에 어느 쪽이 더 가격이 싸다는 말까지 첨가해 주면 자연스럽게 신제품 쪽으로 마음이 쏠릴 수밖에 없다.

누가 비싼 수리비를 대면서 구형 제품을 계속 쓰고 싶어 하겠는가. 물론 간혹 있을지도 모르지만 그런 경우는 대다수가 아닌 소수에 속한다.

확률 싸움이지만 민철은 충분히 해볼 만한 싸움이라 생각했기에 암사자에게 검을 겨눈다.

"으음……."

신제품을 이리저리 만져 보기 시작하는 여성 고객에게 민철이 빠르게 검을 휘두른다!

"이번에 새로 추가된 기종은 나이 드신 분들도 쉽게 조작 가능하게끔 만든 인터페이스가 특징입니다. 들고 다니시기도 편하고 가볍지 않습니까? 고객님께서 기존에 사용하시던 제품에 비해서 성능도 뛰어나다고 자부합니다."

더불어 주부들에게 필요한 기능, 그리고 기성세대들도 쉽게 다룰 수 있다는 장점을 꼬집어 어필한다.

이윽고 펼쳐지는 민철의 2연타 콤보 공격!

"그리고 고객님께서 원하신다면 특별히 마음에 드시는 케이스도 무료 증정해 드리는 이벤트도 하고 있으니 어떠신가요?"

"무, 무료······."

아줌마들의 심금을 울리는 마법의 단어, 그것이 바로 '무료' 다.

무료로 케이스를 준다는 말에 점점 암사자의 눈빛이 사그라들기 시작한다.

이제 마지막이다.

마지막 일격을 가하면 암사자의 폭주를 잠재울 수 있을 터!

하지만 바로 그때였다.

"어이쿠, 죄송합니다! 고객님! 저희가 당장 수리해 드리겠습니다!"

난데없이 등장한 고 과장이 다 된 밥에 재를 뿌리기 시작한다.

대뜸 테이블 위에 놓여 있던 박살 난 스마트폰을 주워 담으며 연신 허리를 숙인다.

"죄송합니다, 죄송합니다! 이 녀석들이 아직 들어온 지 얼마 안 돼서요."

"그, 그래요?"

"예! 저희가 '무상'으로 수리해 드릴 테니 고객님께서는 마음 놓으셔도 됩니다! 하하!"

석인이 벙찐 표정으로 고 과장을 바라본다.

말도 안 된다.

명백히 손해 보는 짓을 고 과장은 자처해서 하고 있는 게 아닌가!

게다가 방금, 민철이 조금만 더 마지막 일격을 가했다면 이 무리한 요구를 하는 암사자를 제압함과 동시에 스마트폰 신기종을 팔 수 있는 절호의 기회도 될 수 있었다.

그런데 이제 와서 초를 치다니!

크르르르룽!!

암사자가 포효하면서 민철의 포획망을 빠져나간다.

결국 놓쳐 버린 암사자.

도주하는 암사자의 뒷모습을 보며 민철은 허무하게 다시 칼을 칼집에 꽂아 넣는다.

"지금 정신머리가 있는 거야, 없는 거야!!"

고 과장이 사무실에서 석인과 민철, 그리고 윤 주임을 불러 대뜸 목소리를 높이기 시작한다.

"그 고객이 우리 매장에 대해 뭐라고 불만이라도 남긴다면 어쩔 뻔했어! 가뜩이나 매출도 떨어져서 본사에서 눈도장 찍히고 있는 상황에 고객 만족도까지 뒤처져 봐!! 이 매장은 망한다고! 준호 너는 신입에게 그런 것도 교육 안 시켰냐!!"

"…죄송합니다."

"죄송하면 다냐! 내가 있었기에 다행이었지, 잘못했다가 또 클레임 들어오면 우린 완전 깨진다고! 으휴… 쯧쯧쯧, 요즘 젊은 것들은 이래서 안 된다니까!"

암사자를 놓친 것도 부족해서 이제는 폭주한 거대 고릴라까지 나타났다.

물론 두 동물의 공통점을 꼽자면.

둘 다 제대로 말이 안 통한다는 점일 것이다.

*　　　*　　　*

그렇게 한참 동안 고 과장의 잔소리를 듣고 나서야 윤 주임과 석인, 그리고 민철은 다시 매장으로 복귀할 수 있었다.

"…말도 안 됩니다."

내려오자마자 석인이 억울하다는 듯이 윤 주임에게 강력하게 항의를 펼친다.

"윤 주임님, 아무리 생각해도 이해가 안 됩니다. 민철 씨의 방법이 전 결코 나쁘다고 생각하지 않습니다. 아니, 오히려 신제품을 하나 더 팔 수도 있었던 절호의 찬스였는데 오히려 고과장님이 완전 초를 쳤어요!'

"나도 대충 상황은 어떤지 들어서 알긴 하지만……."

잠시 말문을 끊은 윤 주임.

그러나 뒤이어 석인이 기대하던 발언이 윤 주임으로부터 나오지 않는다.

"석인 씨, 사회생활이라는 건 말이야. 제아무리 자신이 날고 긴다 하더라도 결국 말단이라면 무시당하기 십상이야. 특히나 석인 씨는 인턴이잖아? 민철 씨는 어차피 본사 채용이 결정되었다 하더라도 석인 씨는 아니야."

"그, 그치만 윤 주임님……."

"나도 석인 씨 마음을 전혀 모르는 건 아니야. 하지만 고 과장님 앞에서 표정 관리는 제대로 해야지. 괜히 엄한 석인 씨가 잘리는 꼴은 나도 못 봐. 1개월이지만 그래도 같이 일해온 정이 있으니까. 억울하더라도 내 입장에서는 '참아' 라는 말밖에 못 해주겠어."

"……."

"나도 석인 씨에게 이런 말 해주게 되어서 미안하다고 생각해. 분명 억울할 거야. 나도 억울하고. 민철 씨의 방법은 내가 봐도 그게 정답이라고 생각해. 하지만 말단에 불과한 우리가 할 수 있는 일은 불행하게도 아무것도 없어."

"하지만……."

"후우. 나도 마음 같아선 저 새끼 언제쯤 잘리려나 기다리고 있지만, 본래 저런 녀석들이 더 오래 살아남는 법이라고 하더라. 정작 잘릴 새끼는 안 잘리고, 잘리지 말아야 할 인재가 잘리는 게 참 이상하지. 더러운 세상이라고."

"……."

말없이 고개를 떨구는 석인.

그를 한동안 지그시 바라보던 윤 주임이 자리를 뜬다.

흡연실로 향하는 윤 주임의 뒷모습을 바라보던 민철은 가볍게 한숨을 내쉬며 석인의 어깨를 토닥여 준다.

"뭐, 대충 그런 겁니다."

"민철 씨는… 억울하지 않습니까? 민철 씨가 내놓은 대답은 말 그대로 현답(賢畓)이었잖아요. 그런데 오히려 고 과장에게 욕만 먹고……."

"집단이라는 건 원래 그래요. 능력이 있는 사람이 정상에 서는 게 아니라 수완이 있는 사람이 정상에 서는 그런 시스템이니까요."

"…더러운 세상이네요."

"사람이 모인 장소는 언제나 썩은 물이 생성될 수밖에 없어요. 그런 환경이니까요."

민철도 사람인 이상 억울한 감정이 없을 리가 없다.

그러나 여기서 민철과 석인의 차이가 극명하게 갈리는 것이다.

같은 인턴이라 하더라도 석인은 쉽사리 납득을 할 수가 없다.

반면, 민철은 이같은 상황을 수도 없이 많이 겪어봤다.

고 과장이 등장한 시점부터 민철은 자신의 패배를 예상했다.

그렇기에 담담히 사무실로 올라가 고 과장의 잔소리에 태클 하나 걸지 않은 채 얌전히 받아들이는 척을 한 것이다.

"…전 청진그룹이라면 조금 다를 줄 알았어요."

석인이 침통한 표정을 지으며 살짝 주먹을 쥔다.

"인턴이라고 무시받는 건 좋아요. 하지만 지킬 건 지켜야죠. 알아야 할 건 알아야 하고 칭찬할 건 칭찬하고, 혼낼 건 혼내고! 근데 저희는 칭찬받아야 할 일 가지고 오히려 욕을 먹었잖아요!"

"……."

"…미안합니다, 민철 씨에게 화내려고 한 건 아닌데……."

지그시 석인을 응시하던 민철은 단적으로 이 인물에 대한 평가를 내린다.

수완이 서투른 남자.

첫 직장이라 그런 진 모르겠으나, 석인은 은근히 다혈질적인 면을 보인다.

좀 더 융통성 있는 모습이면 좋겠으나 개성이라는 건 결코 무시할 수 없다.

"어차피 조만간 해결을 보려고 했어요."

"해, 해결이요?"

"네. 지점장과 고 과장에 대한 문제를 조금 손보려고요."

민철의 말에 석인은 두 눈을 동그랗게 뜰 수밖에 없었다.

이들은 고작 인턴에 불과하다.

그런 인턴들이 무슨 일을 할 수 있겠는가.

"전 계속 여기서 일할 입장은 아니지만, 그래도 나중에 가면 청진그룹을 손에 넣어야 할 임무를 지니고 있기 때문에 매장 하나가 망해가는 꼴은 볼 수 없으니까요."

"처, 청진그룹을?!"

"못 들은 척해주세요. 그냥 말이 그렇다는 겁니다."

민철의 한쪽 입꼬리가 스윽 올라간다.

청진그룹의 본사 인턴 시스템이 왜 같은 계열 매장에서 실습을 배우게 하는 체계인지 대략 그 의도를 파악했다.

현실을 일깨워 주려는 의도가 다분히 숨어 있다.

이상과 현실.

그 벽을 허무는 게 아마 본사 인턴 시스템의 목적이 아닐까.

'그렇다면 충분히 어울려 줘야지.'

당하면 배로 갚아준다.

그게 민철의 철칙이기도 하다.

아무것도 아니라고 생각하는 바로 그 인턴에게.

고 과장은 불의의 일격을 당할 것이다.

주말을 하루 앞둔 어느 평일.

점심식사 시간이 다가오자 윤 주임은 석인과 민철에게 다가오며 말한다.

"오늘 식사는 어디서 할까. 마침 고 과장님하고 지점장님도 안 계시니까……."

"아, 저는 따로 먹기로 한 그룹이 있어서… 먼저 가보겠습니다."

보기 드물게 다른 직원들과 식사할 일이 생겼다는 민철의 말에 윤 주임이 머쓱한지 머리를 긁적인다.

"다른 그룹?"

"네. 죄송합니다."

"아니야, 아니야. 민철 씨는 우리 영업팀하고 다르게 현장일 전반을 배우는 위치니까. 다른 부서랑 친해져도 이상할 거 없지. 오히려 친하게 지내면서 업무를 배워야 하니까 충분히 이해해."

"그럼 먼저 가보겠습니다."

가볍게 목례를 한 뒤 매장 바깥을 나서는 민철.

그를 기다리고 있던 사원들은 다름이 아닌 여사원 그룹이었다.

"민철 씨, 여기예요."

태희가 손을 흔들며 민철을 반긴다.

그녀뿐만이 아니라 석인과 같은 인턴이기도 한 수지를 포함해 대략 4명의 여사원이 무리를 지어 매장 바깥에서 민철을 기다리고 있었다.

"죄송합니다. 제가 좀 늦었죠?"

"아니에요. 저희도 나온 지 얼마 안 됐어요."

"점심은 제가 쏠 테니 맛있는 거 먹으러 가죠. 좋은 가게가 있으면 추천받겠습니다."

"정말요?"

생각지도 못한 민철의 발언 덕분일까.

여사원들이 약간 흥분을 감추지 못하며 서로 와자지껄 떠들기 시작한다.

여사원들 그룹의 리더 격이라 할 수 있는 태희가 모두의 의견을 조율해 민철에게 제안한다.

"근처에 분식집 하나 있는데 그쪽으로 가실래요?"

"모처럼 제가 사는 건데 분식집 말고 좀 더 괜찮은 데로 하서도 됩니다만……."

"괜찮아요. 민철 씨, 아직 첫 월급도 안 나왔잖아요? 신경 쓰지 마세요."

그렇게 말하면서 슬쩍 민철에게 팔짱을 끼는 태희였다.

아마 태희가 일부러 여직원들끼리 의견을 조율하는 척하며 민철에게 금전적으로 부담이 되지 않게끔 힘을 좀 쓴 모양인가 보다.

그와 동시에 은근슬쩍 민철에게 스킨십을 시도한다.

'노골적이구만.'

그녀의 적극적인 스킨십 어택에 민철은 마이페이스를 유지하며 짐짓 모른 척 그녀에게 살짝 끌리다시피 걸어간다.

태희가 민철에게 관심이 있다는 건 저번 회식 자리 때부터 진작에 눈치를 채고 있었다.

청진그룹 본사에서 일할 젊은 엘리트 인재에 눈독 들이지 않을 여자가 어디 있겠는가.

'역시 여자란 무서운 생물이야.'

민철은 그렇게 생각하면서 여성 그룹들과 식사를 하기 위해 발걸음을 옮긴다.

분식점에서 각자 먹고 싶은 것을 시킨 뒤, 민철이 대화의 화두를 슬쩍 꺼내본다.

"이번에 여러분들에게 같이 식사를 권유한 이유는 다름이
아닙니다."

모두가 민철의 말에 귀를 기울이기 시작한다.

남자 사원 혼자서 좀처럼 여직원들 그룹에 섞여 밥을 먹자
고 한 건 필히 무슨 목적이 있기 때문일 터.

제아무리 눈치가 없는 사람이라도 이건 쉽사리 눈치챌 수
있을 것이다.

"고 과장님에 대한 행태 때문입니다만."

"……."

고 과장 이야기가 나오자마자 여직원들의 표정이 급격하게
안 좋아지기 시작한다.

여기까지는 민철이 예상한 그대로다.

직급을 앞세우며 직원들에게 대놓고 갑(甲)질을 펼치는 고
과장.

어찌 보면 석인이라든지 윤 주임 같은 사원들에게 있어서
는 난공불락(難攻不落)의 성처럼 보일지 모르지만 민철의 생각
은 달랐다.

이보다도 더 공략하기 쉬운 성은 없을 것이다.

이유는 실로 간단하다.

'고 과장은 약점이 너무 뻔히 드러나고 있어.'

그 키워드는 바로 '성희롱'이다.

여사원들이 고 과장의 성희롱을 못 본 척하고 넘어가는 건 크게 두 가지 이유에서이다.

우선 첫 번째로 처음 민철이 첫 출근을 했을 때 윤 주임이 했던 말처럼 일부러 못 본 척 넘어가는 것이다.

고 과장은 여자들에게 한해서는 그다지 쓴소리를 하지 않는 인물이다.

왜냐하면 노골적으로 여자들에게 사심 섞인 시선을 많이 보내기 때문이다.

고 과장으로부터 털리지 않기 위해서라도 여사원들은 고 과장의 악질적인 성희롱 발언도 기분이 나쁘더라도 참고 넘어간다.

왜냐하면 직장 생활에 굳이 어려움을 남기고 싶지 않기 때문이다.

두 번째 이유는 이와 연관된다.

고 과장에게 찍히면 직장생활이 힘들어지기 때문이다.

대표적인 인물이 바로 윤 주임과 석인이다.

얼마 전, 민철을 포함해 단체로 올라가 혼난 일을 포함해서 기타 등등 여러 가지 사소한 걸로 일부러 시비를 걸고 넘어져 이들에게 화풀이를 해온 고 과장이었다.

여사원들은 그들과 같은 입장이 되는 걸 두려워했기에 참는 수밖에 없었다.

말 그대로 공포 정치!

그 공포 정치의 원동력은 바로 '권력의 집중'이다.

'현재 고 과장이 갑질을 할 수 있는 이유는 바로 헤이한 지점장 때문이기도 하지.'

민철의 업무 평가를 포함해 대부분의 실무적인 권한은 고 과장이 도맡고 있는 실정이다.

기본적으로 인턴 평가를 맡고 있기에 석인이라든지 여사원인 수지는 뭐라 자신의 의견을 표출하지도 못한다.

고 과장이 조금이라도 입만 뻥긋하는 순간 언제 사표를 낼지 모르기 때문이다.

공포정치를 없애기 위해서는 우선 그 근간이 되는 싹을 잘라내야 한다.

고 과장의 권력을 축소시킨다!

그게 바로 민철의 승리로 향하는 공식이었다.

그러기 위해서는 우선 '군대'가 필요하다.

난공불락으로 보이는 성을 공략하기 위해서 필요한 군대가!

"여러분이 고 과장한테서 직장 내 성희롱을 당하고 있다는 건 저도 잘 알고 있습니다."

"……."

"이대로 가만히 당하고만 있으실 겁니까?"

직접적으로 여사원들을 향해 묻는다.

군대를 갖추기 위해서는 우선 병력을 모아야 한다.

병력의 근간이 되는 건 바로 그 나라 백성들.

그 백성들에게 '투지(投止)'를 심어주기 위해 민철이 단상으로 올라간다.

봉기(蜂起)하라, 이들이여!

"그치만 고 과장님은……."

"저희 같은 말단이 어찌할 수 있는 사람도 아니고……."

"…자칫 잘못하면 잘릴 수도 있잖아요."

여사원들의 약한 소리는 민철도 충분히 예상하고 있었다.

그렇기 때문에 민철은 한 가지 보험을 내민다.

"제가 해결해 드리겠습니다."

"네?!"

놀란 여사원들의 반응.

이것 역시 충분히 예상했다.

아무리 본사 채용 직원이라고 하지만 민철이 무슨 힘으로?

그러나 민철은 슬쩍 웃으면서 그녀들과 모종의 거래를 시도한다.

*　　　*　　　*

토요일 주말.

　평일에 비해서는 그래도 제법 많은 고객들이 매장을 방문했지만, 그래 봤자 평균 방문 횟수가 매출로 전부 이어지진 않는다.

　게다가 심곡점 기준으로 많다는 말일 뿐이지, 근처 같은 계열사인 부천점에 비해서는 훨씬 뒤떨어지는 건 마찬가지다.

　"그럼 먼저 퇴근해 보겠습니다."

　민철이 슬슬 퇴근 준비를 마치고 있던 윤 주임과 석인에게 먼저 말을 꺼낸다.

　이미 고 과장과 지점장은 먼저 퇴근한 지 오래.

　다른 여사원들도 제각각 약속이 있는지 빠르게 자리를 비웠다.

　중간에 태희가 민철에게 주말 데이트 약속을 받아내기 위해 슬쩍 떠보려는 시도가 있었으나, 민철은 오늘만큼은 중요한 약속이 있기에 미안하다는 말과 함께 정중히 거절을 했다.

　오늘이 바로 서진구와의 사소한 미팅이 있는 날이다.

　직장 내 여사원과의 개인적인 용무를 위해 서진구와 만날 기회를 포기한다는 건 말이 안 되는 이야기였다.

　"민철 씨도 약속 있어?"

　윤 주임이 서류 가방을 들면서 묻는다.

　"네. 선약이 있습니다."

"아쉽네. 고 과장한테 쓴소리도 들었고 해서 오늘은 남자 사원들끼리 술 한잔 걸칠까 생각했었는데."

"하하, 다음 기회에는 꼭 불러주세요."

"그래야지. 민철 씨는 술도 잘 마시니까. 우리가 취해도 민철 씨 있으면 든든하다니까."

장난식으로 말하는 윤 주임의 말에 공감을 표하는 석인이었다.

"게다가 분위기도 잘 맞춰주고요."

"말 그대로 회사원이 되기 위해 태어난 사람이라는 생각이 들 때도 있어."

민철을 칭찬하는 발언들이 속속 들려오자 민철은 오히려 어색하게 웃을 뿐이다.

"너무 그렇게 비행기 띄워주지 마세요, 윤 주임님. 석인 씨도요."

"그런가? 하하. 아무튼 다음에는 약속 비워둬. 내가 한턱 쏠게!"

"감사합니다, 윤 주임님. 그럼 먼저 가보겠습니다."

"그래, 주말 잘 보내고—!"

매장 바깥을 나온 민철이 주변을 둘러본다.

약속 장소는 바로 마담이 운영하고 있는 바.

이 근처에서 그리 오래 걸리지 않기에 걸어갈까 생각하며 천천히 발걸음을 옮긴다.

체린의 친구인 마담이 운영하고 있는 바, '레인보우(Rainbow)'
에 도착한 민철.

"어서 오… 어머."

눈물점이 매력 요소인 마담이 눈웃음을 지으며 카운터에서
민철을 반긴다.

"어서 와요. 오늘은 혼자?"

"아니요. 여기서 만나기로 한 상대방이 있습니다."

"거래처 사람인가요?"

"어떤 의미로는 거래처이기도 하죠."

민철은 오늘 서진구와 '협상'을 하기 위해 자리에 참석했
다.

분명 서진구는 민철에게 뭔가를 요구 해 올 것이다.

아니, 요구라기보다는 강요를 하기 위해 이 자리를 만들었
을 가능성이 매우 크다.

청진그룹을 일으켜 세운 서진구를 절대로 얕봐서는 안 된
다.

그는 민철의 연출을 전부 간파해 냈다.

'방심은 절대로 금물이다.'

그렇게 먼저 와서 서진구가 내밀 카드가 무엇인지 예상하

고 있을 무렵, 서진구가 가게에 모습을 드러낸다.

"안녕하십니까, 서진구 전 부사장님."

"먼저 도착해 있었군. 그것보다 뒤에 따라붙는 어미가 너무 기네. 그냥 편하게 부르게."

"그럼 원하시는 대로 부르는 쪽으로 하겠습니다."

"음……."

잠시 고민하던 서진구였으나 이내 쓴웃음을 짓는다.

"나도 마땅히 좋은 게 안 떠오르는군."

"하하… 일단 술이라도 시키겠습니다."

"그렇게 하게."

민철이 마담을 부르자, 두 남자의 대화에 알게 모르게 귀를 기울이고 있던 마담이 민철에게 다가온다.

"좋은 술이 있나요?"

"개인적으로 추천하는 술이 있긴 한데, 좀 비쌀걸요?"

"괜찮습니다. 어차피 돈은 제가 안 낼 거니까요."

"어머, 그렇게 함부로 예상해도 돼요?"

"원래 계산이라 함은 자리를 주선한 사람이 내는 쪽이 대부분이에요. 아마 저분도 그 생각을 하실 겁니다."

"만약 아니라면?"

"제가 계산하는 척은 하겠지만, 만에 하나라도 계산할 경우가 나오더라도 걱정하지 마세요. 술값 정도는 충분히 낼 돈은 있으니까."

"부족하다면 나중에 체린한테 달아놓으려고 했는데 아쉽네요."

체린에게 무슨 잔소리를 들을지 모를 상황을 잘도 언급하는 마담이었다.

마담이 추천하는 술을 준비하는 동안 서진구가 민철을 바라본다.

"어디 보자. 못 보는 사이에 그사이 늠름해졌군. 역시 젊음이라는 건 달라. 금방 적응한다니까."

"감사합니다. 저뿐만이 아니라 전 부사장님도 더욱 젊어지신 듯합니다."

"허허, 이 친구가 보자마자 아부라니."

서진구가 호쾌하게 웃으면서 마담이 주는 술을 받아 든다.

"오르티아 30년산입니다."

마담이 먼저 술 소개를 하자 서진구가 의아한 표정으로 되묻는다.

"들어본 적이 없는 술이네만……."

"저희 가게에서만 몰래 팔고 있는 특별주(酒)예요. 중요한 손님에게만 대접하는 귀한 술이죠. 잘 알려지지 않은 술이기도 하고요."

"그런가?"

마담의 눈웃음을 안주 삼아 술잔을 기울여 보는 서진구.

붉은 와인 같은 색감의 음료가 그의 목을 타고 체내로 흘러 들어간다.

"오호… 이거, 꽤나 맛이 좋군."

"기뻐해 주시니 저야말로 다행이에요."

"허허, 민철이 이 친구가 좋은 가게를 알고 있었군. 이러다 가 나도 단골이 되겠어!"

한경배와 더불어 애주가라 불리는 서진구조차 감탄할 정도 로 좋은 술맛에 기분이 한층 업그레이드된다.

그렇게 서로 그간의 안부를 묻는다거나 혹은 서진구가 참 가했던 2차 면접 때의 일화 등 여러 가지 기억들을 떠올리며 술잔을 기울이던 두 남자.

그러면서 민철은 그가 고작 추억 따윌 회상하려고 온 것이 아님을 여전히 인식하고 있었다.

'슬슬 본론이 나올 때가 되었는데.'

호랑이도 제 말 하면 온다고 했던가.

민철이 이 생각을 품기 시작할 무렵, 서진구 측에서 먼저 본 론이 드러난다.

"실은 말일세."

왔다!

직감적으로 지금부터 나올 대답은 심히 중요한 이야기라고 인식한 민철이 듣는 태도를 달리한다.

촉각을 곤두세우고 서진구의 말을 경청할 자세로 진지하게 임한다.

이것은 일방적으로 요구 제안을 듣는 자리 따위가 아니다.

협상 테이블.

두 지략가가 서로를 마주 보고 한 테이블을 사이에 두고 앉은 채 드디어 본론으로 들어가기 시작한 것이다.

"자네가 최종 면접 때, 형님에게… 아니지, 한경배 회장님에게 이런 말을 했다고 들었다만."

서진구가 먼저 협상 테이블 위에서 운을 띄운다.

"회장님의 세력이 되겠다고 말일세."

"네, 분명 그런 말을 했습니다."

"그렇군. 좋은 선택이야. 요즘 들어서 회장님이 건강의 악화 때문에도 그렇고 예전만큼의 권력을 회사 내에서 휘두를 수 없게 되었거든. 조선왕조실록을 봐도 그렇지 않은가? 언제까지 강대한 왕권을 휘두를 수 있는 왕은 없어. 권력의 집중이라는 건 그만큼 '반감'을 살 수 있는 위험천만한 힘이거든."

"그 말씀을 하시는 이유는……."

"청진그룹 내부에서 자체적으로 독립적인 부서를 만들 게야. 새로 신설되는 부서는 앞으로 회장님의 세력의 중심이 될 만한 인재들을 기르기 위한 본부 같은 역할을 할 테지."

드디어 나왔다.

서진구가 이번에 민철을 찾은 진짜 목적이!

"아직 부서의 정식 명칭은 정해지지 않았네. 구체적으로 할 일도 아직 두루뭉술해. 그러나 확실한 것은 회장님이 직접 추진하고 있고, 거기에 포섭할 몇몇 인재들을 눈독 들이고 있다는 것일세."

"그중에 저도 포함됩니까?"

"물론. 참고로 말하지만 자네와 같은 학교 출신이기도 한 황 부장도 그 부서에 배치될 예정이네."

"……."

"황고수, 그 친구도 인재더군. 순수하게 실력 하나만으로 청진그룹의 영업 전반을 떠맡고 있는 1팀의 부장직을 젊은 나이에 차지한 대단한 친구야. 그런 친구가 있어야 회사가 돌아가지. 암, 그렇고말고. 돈에 눈이 멀어 어떻게든 자신의 이익만을 중점으로 챙기려 드는 그런 불한당 같은 놈들로는 안 돼."

다시 한 번 술잔을 기울이는 서진구였다.

이것으로 서진구의 요구 사항은 끝이 났다.

신설되는 부서로 들어오라!

한 나라를 대표해 협상 테이블에 참석한 외교관, 서진구의 선행 요구에 반대편에 자리 잡은 외교관인 민철은 어떤 대답을 내놓아야 할까.

"그전에 한 가지 확인하고 싶은 게 있습니다."

"뭐지?"

"전 부사장님께서라면 분명 저의 무례한 질문에도 진실 어린 답변을 내놓을 거라 믿습니다만."

"꽤나 본질적인 이야기가 되겠군."

"예."

술잔을 내려놓은 서진구가 민철을 지그시 응시한다.

"말해보게."

"제가 면접을 통과할 수 있었던 이유는 저의 실력입니까, 아니면 회장님의 세력을 기르기 위한 일종의 투자 개념입니까?"

"…자네는 어떻게 생각하지?"

"전 제 실력으로 통과했다고 생각합니다. 회장님의 세력이 되겠다고 말한 건 분명 있지만, 그것만을 보고 저를 뽑았다고 한다면 전 오히려 한경배 회장님에게 실망했을 겁니다."

"허허, 확실히 자네가 미리 말했듯이 무례한 질문이군. 하지만……."

그는 민철의 대답이 오히려 마음에 들은 눈치였다.

"싫지만은 않군, 그 자신감 넘치는 당당함이."

"감사합니다."

"솔직히 말해서 자네 말 그대로네. 사실 회장님의 세력이고 뭐고 상관없이 자네는 아주 뛰어난 인재야. 실력으로 올라왔다고 내가 확답을 내주지."

그렇다면 이야기는 더더욱 간단해진다.

사실 말이 협상 테이블이지만, 서진구는 민철보다 월등히 우월한 입장에 서 있다.

이제 막 입사한 인턴과 회장 대리직.

누가 봐도 서진구의 압승이다.

그렇기 때문에 민철은 면접 통과가 순전히 '자신의 실력'이라는 확답을 받음과 동시에 서진구로부터 받은 제의가 단순한 강요가 아닌 '제안'이라는 점을 다시 한 번 확인한 것이다.

이것으로 서로 대등한 위치가 되었다.

협상의 기본이라 함은 본래 한쪽이 우월한 위치에서 진행되는 게 아니라 서로가 동등한 지위에서 구성되어야 한다.

만약 민철이 이 질문을 꺼내기도 전에 계속 이야기가 진행되었다면 그건 협상이 아니라 일방적인 강요에 불과하다.

"전 부사장님의 제안을 거절할 이유는 없다고 생각합니다."

"그렇군."

"하지만 제가 제안을 받아들이는 대신, 전 부사장님도 그에 합당한 저의 요구 사항을 들어주셨으면 합니다."

"과연… 일리가 있군."

서진구도 민철이 일부러 무리한 질문을 펼친 그 의도를 진작부터 파악하고 있었다.

이 협상 테이블에서 자신과 동등한 지위까지 올라서기 위한 묘책!

민철은 질문 한 번으로 순식간에 신분 상승을 해버렸다.

'역시… 굉장한 녀석이야.'

젊은 나이답지 않게 능수능란한 화술과 처세술.

서진구는 보면 볼수록 민철을 탐낼 수밖에 없었다.

"요구 사항이 뭔가?"

"매우 간단한 겁니다. 특히나 전 부사장님께라면 매우 손쉬운 일이기도 하죠."

"들어볼까?"

"감사합니다. 실은……."

청진그룹의 공동 창업자와 고작 이제 막 입사한 인턴과의 대화.

두 사람의 조합은 그야말로 언밸런스할지 모르지만.

이 협상 테이블을 주도하는 사람은 누구도 예상하지 못한 인물인 인턴, 이민철이었다.

* * *

모종의 거래를 마친 뒤.

"흐음."

팔짱을 낀 채 민철이 한 말을 곱씹어보기 시작하던 서진구가 생각에 잠긴다.

그러더니 고개를 끄덕이면서 승낙을 표시한다.

"어렵지 않은 일이지."

"감사합니다."

"뭔가 심곡점에 문제가 있는 듯하지만, 내 그건 사람을 통해서 확인해 보면 될 일이니 걱정 말게."

"그렇게만 해주시면 저야말로 감지덕지합니다."

"허허, 그렇다면 자네도 내 제안을 받아들인다고 생각하면 되나?"

서진구의 본래 목적은 민철을 회장의 세력으로 키우는 것이다.

부사장도 탐낼 정도로 뛰어난 인재인 민철을 다른 쪽에 빼앗기는 건 명백히 인력의 손실이라 할 수 있다.

"물론입니다."

"좋아, 그 대답을 듣기 위해 일부러 여기까지 온 거야! 하하!"

민철의 확신 어린 대답에 더더욱 서진구의 기분이 상승한다.

이야기는 이미 성사되었다.

멀찌감치서 분위기만으로 저들의 중요한 대화가 끝이 났다는 사실을 눈치챈 마담이 슬금슬금 다가온다.

"한 잔 더 하시겠어요?"

"오! 그래준다면야 고맙겠군."

"한 잔 받으세요."

마담이 친히 술잔을 채워주자 서진구가 이내 웃음을 흘리면서 민철을 바라본다.

"오늘은 술맛이 아주 기가 막히구만!"

"저도 전 부사장님 덕분인지 술이 잘 넘어갑니다."

"허허… 그러고 보니 내가 아직 말을 안 했군."

서진구가 잠시 말을 끊더니 술잔을 내려놓는다.

또다시 중요한 이야기가 있는 것일까.

마담이 짐짓 업무가 있는 척하며 자리를 비우자, 서진구가 목소리를 낮추면서 민철에게만 들으라는 식으로 이야기를 꺼낸다.

"다음 주 중에, 공식적으로 내가 한경배 회장님의 대리직을 맡게 되었다는 게 발표가 될 거라네."

"……."

"회사 내부에서도 이 사실을 알고 있는 사람은 극히 일부에 불과하지."

공식 회장 대리직.

공동 창업자인 서진구가 다시 청진그룹으로 돌아온다는 뜻임과 동시에 당분간 한경배 회장을 대신해서 청진그룹을 이끌어간다는 중요한 사실을 내포하고 있다.

사실 그간 '회장 대리'라는 말을 수식어로 붙이긴 했지만, 공식적으로 발표된다는 건 그 의미의 무게감 자체가 다르다.

회사 전반적인 업무를 총괄하게 되었다는 의미이기도 하다.

"그럼 이대로 회장 자리를……."

"허허, 저번에도 못을 박아뒀지만 난 한경배 회장님의 자리를 대신할 생각은 없어. 그저 회장님께서 건강이 많이 안 좋으셔서 요양을 하시는 동안 내가 그 빈자리를 메꿀 뿐이지. 나도 회장님과 같이 청진그룹을 일으켜 세운 장본인일세. 우리 회사가 무너지는 꼴은 볼 수 없으니까."

"남우진 부사장이 있지 않습니까?"

"그 친구가 능력은 출중하지만 만약 회장 자리를 맡게 될 경우에는 우리가 추구하던 이상적인 기업에서 멀어지게 될 테니까. 회장님도 그걸 걱정해서 은퇴한 나에게 일부러 이 자리를 맡긴 걸세."

"그렇군요."

"물론 나도 우진이 그 녀석을 미워하는 건 아니야. 다만, 너무 높은 자리까지 오른 나머지 정작 봐야 할 풍경들을 놓치고 있을 뿐이니까."

"……."

"회장님은 우진이 녀석을 포함해서 돈에 지배당한 놈들에게 제대로 쓴맛을 보여주려고 하네. 그리고 다시금 일깨워 주고 싶어 하지. 어차피 우리들은 다 같은 식구 아니겠나."

서진구다운 발언이었다.

기업인이자 직장 동료.

그리고 가족.

그게 한경배 회장과 서진구 현 회장 대리가 초기에 청진그룹을 세울 때 가졌던 마음가짐이었다.

뭣도 모르고 뭉친 두 청년은 오로지 일하는 즐거움, 그리고 청춘을 바쳐 자신들이 무언가를 해냈다는 기쁨에 심취해 청진그룹을 여기까지 끌어올렸다.

젊음을 바친 대신 그 기업은 거대한 덩어리로 성장했다.

하지만 자신들이 추구하던 이상향에서 점점 멀어지고 있는 게 현실이었다.

"사람을 생각하고, 사람을 우선시하고, 사람답게 살고 싶고. 우리가 이 청진그룹을 세울 때 맹세했던 신념일세."

"좋은 말이군요."

"돈보다는 사람이야. 사람이란 결코 돈에 지배당해서는 안 돼. 자네도 이 말은 새겨들었으면 하네."

"예, 알겠습니다."

민철은 술잔을 기울이면서 한경배 회장과 서진구의 사람됨을 다시 한 번 느낀다.

그리고 대단하다는 생각밖에 들 수 없었다.

레디너스 대륙에 있을 시절에도 갑작스럽게 얻은 부와 권력에 사람은 늘상 변해갔다.

몬스터(Monster)!

돈에 지배당한 그들은 흉측한 괴물로 변해갔다.

인간이면서 인간보다 더한 괴물.

'사람이면서 사물에 지배당하면 안 되는 것을……'

오랜만에 레디너스에 있을 당시의 기억을 떠올리며 민철은 다시 한 번 술잔을 기울인다.

다음 날 아침.

보통 사람이라면 숙취에 고생을 해야 정상이지만 민철은 깔끔하게 자리에서 일어나 세면 세족을 마친다.

마담이 준 술의 알코올 농도가 꽤나 강했기에 민철은 어제 저녁, 집으로 돌아오자마자 취기를 잠재우기 위해 마나 순환과 명상을 통해 어느 정도 술기운을 몰아냈다.

게다가 오늘은 체린과의 데이트 일정이 잡혀 있는 날 아니겠나.

"괜히 술 냄새 풀풀 풍겼다가 체린에게 뺨 맞는 것보다는 나은 편이겠지."

오랜만에 입어보는 평상복.

전신 거울 앞에서 자신의 복장 상태를 점검하는 민철의 귓가에 익숙한 목소리가 들려온다.

"…어디 가는 거예요, 오빠?"

혜진이 부스스한 머리를 긁적이면서 연신 하품을 해댄다.

방금 일어난 모양인지 아직 제대로 정신을 차리지 못한 모양인가 보다.

"그냥 아는 사람 좀 만나러."

"…주말에도 피곤하게 사시네요. 역시 직장인……."

"하하하. 그보다 잠 더 자. 오늘은 아르바이트도 쉬는 날이라며?"

"…안 그래도 그러려고요."

같은 지붕 아래에 살다 보니 몰랐던 혜진의 면모를 차츰 알아가기 시작했다.

우선 생각보다 털털한 성격이라는 것.

아무리 친한 오빠라고 하지만 저렇게 막 잠에서 깨어난 모습을 이성에게 보여줄 수 있는 여자는 아마 별로 없을 것이다.

더욱이 그 상대방이 좋아하는 남자라고 한다면 말이 필요 없을 터.

"털털한 성격은 나쁜 게 결코 아니지."

오히려 남자들에게 인기가 있는 성격이라 할 수 있다.

"그럼 가볼까."

실로 매우 오랜만에 체린으로부터 받은 차의 시동을 거는 민철.

부르르르릉!

우렁차게 울리는 차량의 엔진 소리에 민철은 재차 감탄하며 운전석에 오른다.

"나중에 기회가 된다면 어떤 원리로 움직이는지 꼭 배우고 싶단 말이야."

왕성한 호기심과 학구열을 가졌던 레이폰 시절의 버릇이 현 시대에서도 여전히 적용되고 있었다.

익숙하게 차를 운전해 체린이 기다리고 있는 카페 머메이드 구일점으로 목표를 잡는다.

주말이라 그런지 근처 주차 공간을 찾느라 조금 애를 먹었지만, 그래도 운이 좋게 마침 비어 있는 자리를 찾아 차를 주차시킨 민철은 도보를 통해 머메이드 구일점 안으로 들어선다.

"늦었어."

체린의 첫마디였다.

커피를 한 모금 마시려던 찰나에 민철을 발견하고 퉁명스럽게 말하는 그녀의 모습에 민철이 절로 미소를 짓는다.

"주말에 차가 막힌다는 건 너도 잘 알잖아?"

"여자를 기다리게 하는 건 매너 위반이야."

"앞으로 숙지하도록 하지."

"…됐고. 그보다 뭐 먹으러 갈래? 곧 점심때잖아."

"오늘의 데이트 계획은 어떻게 되는데?"

오자마자 데이트 계획을 묻는 민철.

그러자 체린이 손가방 안에서 작은 수첩을 꺼내 대답한다.

"점심 먹고 근처 공원에서 시간 좀 보내다가 영화 보고 저녁 식사."

"그렇군."

보통 데이트 일정은 남자가 주도하는 편이라고 민철은 알고 있었지만, 이 커플은 조금 남다르다.

아무래도 각 카페 지점을 경영하고 있는 체린이다 보니 데이트라 하더라도 세밀하게 계획을 세우는 버릇이 있고, 무엇보다도 자신이 민철보다 연상이라는 점을 인식해서 그런지 데이트 계획은 주로 체린이 세우는 편이다.

'그래도 이런 여자는 나에게 나쁘진 않아.'

어차피 민철은 타 세계에서 넘어온 인물이다.

아직 제대로 대한민국이라는 나라의 문화를 파악하지 못했기에 체린이 알아서 이렇게 주도를 해준다면 오히려 민철로서는 배움의 터가 된다.

"아무튼 점심은 뭐 먹을 거야."

"고기류가 먹고 싶은데."

"고기? 알았어. 잠깐만 기다려."

민철의 말을 듣자마자 체린이 이번에는 스마트폰으로 근처 맛집을 검색한다.

역시 철두철미한 여자.

'나중에 행여나 결혼이라도 하게 된다면 단단하게 붙잡혀 살겠구만.'

벌써부터 암울한 미래를 간접적으로 느꼈는지 민철이 자신의 머리를 긁적인다.

식사를 마친 뒤 공원에서 산책을 하고 있을 무렵.

호수 근처에서 물고기에게 먹이를 던져 주고 있던 이들의 눈앞에 익숙한 인물이 말을 걸어온다.

"어?! 혹시 민철 씨……?"

고개를 돌려 정체를 확인하자 그곳에 서 있던 인물은 다름 아닌 윤 주임과 석인, 그리고 서비스 센터에서 정비 업무를 담당하고 있는 근성이었다.

"윤 주임님! 석인 씨하고 근성 씨도 있었네요."

민철이 알은척을 하자 석인이 목소리를 낮추며 민철에게 작게 속삭인다.

"옆에 계신 분은 누구……."

석인의 중얼거림이 들리기라도 한 것일까.

체린이 살짝 고개를 숙이면서 단아한 목소리로 자신을 소개하기 시작한다.

"어머나, 안녕하세요. 민철이 여자친구인 이체린이라고 해요."

"여, 여자친구……!"

전설 속에서나 존재한다던 바로 그 여자친구라는 존재가 실제로 이들의 눈앞에 강림할 줄이야.

놀란 석인과 윤 주임, 그리고 근성이 체린을 뚫어져라 바라본다.

흰색 스키니진에 얇은 카디건을 두르고 있는 청초한 여성.

어깨까지 내려오는 검은 생머리가 더더욱 체린의 조숙한 면을 강조한다.

게다가 제법 몸매도 괜찮은 편이다. 한국에서는 찾아보기 힘든 가슴 사이즈가 윤 주임을 비롯해 다른 두 남정네의 남심(男心)을 자극한다.

"민철 씨, 어디서 이런 미인분을 낚아챈 거야?!"

"하하하… 진정하세요, 윤 주임님."

직장 동료들로부터 부럽다는 시선을 한 몸에 받게 된 민철이었으나.

민철은 속으로 체린의 내숭에 혀를 내두를 뿐이었다.

평소라면 연상이라는 점을 내세우며 여왕인 척(?)하던 체린이었으나 민철의 직장 동료임을 단박에 눈치채고 얌전하고 상냥한 여자친구를 연기한다.

'역시 여자란…….'

남자의 입장에서 이렇게나 무서운 생물이 또 있을까 싶을 정도였다.

휴일에 직장 동료들과 만나게 될 거라고는 생각지도 못했던 민철.

잠시 다섯 명이서 이야기를 나누다가 윤 주임이 먼저 석인과 근성에게 자리에서 일어설 것을 독촉한다.

"그럼 우리는 데이트 방해하면 안 되니까 먼저 일어나 볼게."

"조금 더 있으셔도 돼요."

체린이 제안을 하지만, 민철은 그녀의 말투가 '빈말'임을 느낀다.

마음속에도 없는 말을 억지로 꺼내는 체린이었으나 윤 주임은 체린의 진의를 제대로 파악하진 못했을 것이다.

그러나 모른다 하더라도 데이트의 방해를 하진 말아야겠다는 생각을 굽히진 않는다.

"아닙니다! 그럼 저희 먼저 가보겠습니다. 아, 그리고 민철 씨."

"예."

"잠깐만……."

윤 주임이 민철을 부른다.

무슨 할 말이라도 있는 것일까.

체린의 욕심으로는 저 둘의 대화를 듣고 싶어 했지만, 그렇다고 대화를 말릴 수도 없고, 몰래 경청하는 것도 쉽지 않았다.

*   *   *

"오늘 본 거 말이야. 회사에는 비밀로 하는 편이 좋겠지?"

윤 주임이 최대한 체린에게 들리지 않게끔 작은 목소리를 유지하며 묻는다.

내심 윤 주임의 배려에 감탄한 민철이 고개를 끄덕인다.

"그래주신다면 감사하겠습니다."

"그래. 석인 씨하고 근성 씨에게는 내가 잘 말해둘 테니까 너무 걱정 말고."

"예."

직장이라 하더라도 '휴일 날에 민철 씨 여자친구 만났다' 라고 일부러 떠들고 다니는 건 어떤 의미로 사람의 프라이버시를 건드릴 수 있는 요소도 있다.

그런 소문이 퍼지는 것을 싫어하는 사람도 있기 때문이다.

예상치 못한 윤 주임의 세심함에 민철은 솔직히 조금 놀랐다.

'순진해 보이기만 할 뿐이었는데, 제법 눈치도 있군.'

한편, 윤 주임과의 뒷거래(?)를 마치고 난 뒤 체린에게 다시 돌아온 민철.

그이의 직장 동료들이 사라지자 다시 차가운 표정으로 돌아온 체린이 대뜸 캐묻기 시작한다.

"무슨 이야기 했어?"

"아무것도."

어깨를 으쓱이며 장난스럽게 대답하는 민철에게 좀 더 캐물을까 고민하던 체린이었지만, 이내 고개를 절레절레 흔든다.

바람을 피우는 것도 아니고, 행여나 직장 업무에 관해서 이야기를 나눴을 수도 있으니까 말이다.

"영화 보러 갈 시간이지?"

화두를 돌리기 위해 민철이 영화라는 소재를 꺼내 든다.

작은 손목시계를 확인한 체린이 고개를 끄덕인다.

"정말이네."

"후딱 가자. 괜히 표 없을라."

"…알았어."

어쩔 수 없다는 듯이 대답한 체린이 이제는 익숙하게 민철과 팔짱을 낀 채 나란히 걸어가기 시작한다.

*　　　*　　　*

평일 오후.

월요일이라고는 하나 그래도 나름 평화로운 직장 생활 내의 시간을 보내고 있던 유태호 이사는 예상치 못한 부름을 받고 어느 한 사무실을 찾는다.

"…설마 내가 여기를 오게 될 줄이야."

꿀꺽!

침이 절로 넘어가는 소리를 애써 감추고자 했지만, 머리가 의도하는 대로 몸이 행동해 주진 않는다.

가볍게 긴장의 끈을 적당히 풀기 위해 숨을 내쉰 태호가 천천히 문을 연다.

넓은 사무실.

청진그룹 본사 내부에서도 고층에 속하는 사무실을 차지하고 있는 한 인물이 태호를 보자마자 스윽 입꼬리를 말아

올린다.

"오랜만이야, 유태호."

"저, 저야말로 오랜만에 뵙습니다, 서진구 회장 대리님."

정장 차림으로 사무실 한 가운데에 앉아서 서류들을 훑어보고 있던 서진구가 손으로 근처에 있던 소파를 가리킨다.

"우선 좀 앉지."

"아… 네."

굽신굽신.

서진구 앞에서 태호는 그저 육식동물과 마주한 초식동물과 다름없다.

물론 초식동물 중에서도 코끼리라든지 덩치가 어마어마하게 큰 동물도 있긴 하지만 그는 사슴과 토끼과에 불과했다.

예전부터 서진구에게는 유독 약한 모습을 보이는 태호였기에 식은땀을 삐질삐질 흘리면서 자리에 앉는다.

"자네를 부른 건 다름이 아니고……."

마침 젊은 여성 비서가 커피를 내오며 진구와 태호 앞에 내려놓는다.

따스한 커피향을 음미하던 서진구가 다시 말을 이어간다.

"좀 해줘야 할 일이 있어서 불렀어."

"해줘야 할 일… 말씀이십니까?"

"그래. 내가 알기로는 자네가 감사 업무를 담당하고 있다고 들었는데."

"그, 그렇습니다."

입사 이후부터 줄곧 감사팀에 소속되어 일해온 베테랑, 유태호.

지금은 비록 서진구 앞에서 연약하디연약한 초식동물에 불과하지만, 그는 '매의 눈'이라 불리며 회사 내부에서 가장 마주하기 두려운 인물로 손꼽힌다.

하지만 그런 매에게도 천적은 있게 마련이다.

지금과 같은 상황에서는 딱 서진구를 두고 하는 말일지도 모른다.

"청진전자 매장 중에서 심곡점 좀 자네가 다녀와야겠어."

"제가… 말씀이십니까?"

"그래."

감사 업무를 도맡고 있는 태호에게 매장을 둘러보고 오라는 말은 한 마디로 축약할 수 있었다.

가서 가루가 될 때까지 탈탈 털고 와라.

그런 뜻이 아닐까.

"하지만 심곡점은 별로 영양가 없는 매장으로 알고 있습니다만."

"뭐, 영양가가 있고 없고, 매장의 규모가 크고 작고를 떠나서 비리나 빼돌리는 회사 영업비가 있으면 그것들을 적발하는 게 바로 자네들이 할 일 아닌가?"

"마, 맞습니다."

"적당히 손 좀 봐주라고."

서진구가 테이블 위에 커피 잔을 내려놓으며 나지막이 말한다.

언성 자체는 높지 않지만, 말에는 힘이 실려 있다.

침을 꿀꺽 삼킨 태호가 고개를 끄덕이며 대답한다.

"알겠습니다."

청진전자 심곡점.

오늘도 숙취에 시달리는 지점장과 여성 직원들을 뚫어져라 바라보는 고 과장을 필두로 심곡점은 어떻게 아슬아슬하게 돌아가고 있는 실정이었다.

파리만 날리는 매장에서 시간을 때우고 있던 윤 주임과 석인, 그리고 민철은 휴게실에서 잠시 시간을 보내다가 이내 어느 한 사람이 매장 내에 들어서는 모습을 목격한다.

"어서 오세요, 고객님!"

윤 주임이 익숙한 말투로 남성에게 다가간다.

양복 차림의 중년 남성이 윤 주임을 스윽 훑어보더니 이내 가슴 한쪽에 달려 있는 명패를 바라본다.

"으음……."

"무, 무슨 일이신가요, 고객님?"

"아닙니다. 그것보다 여기 지점장은 어디 있습니까?"

"지… 점장님이요?"

왜 갑자기 대뜸 지점장을 찾는 것일까.

혹시 클레임?

그렇게 인식한 윤 주임이 이야기의 방향성을 전환하고자 슬쩍 묻는다.

"죄송합니다만 고객님, 혹시 구입하신 물품에 무슨 문제라도 있는지…….."

"물품 문제는 아니고."

주머니 속에서 명함 하나를 꺼내 든 남성이 윤 주임에게 건네준다.

"이런 사람이니까, 사무실로 안내 좀 해줬으면 하는데."

"……!!!"

순간 윤 주임이 '헉!' 하는 소리와 함께 떨리는 손을 주체하지 못한다.

유태호 이사!

감사팀의 살아 있는 전설이라 불리며 가는 부서 곳곳마다 그대로 작살을 내버린다는 전설의 감사관이 심곡점에 강림한 것이다!

게다가 이사가 직접 올 줄이야.

생각지도 못한 거물의 출현에 윤 주임의 머릿속은 패닉 상태가 된다.

어떻게 해야 좋을지 판단이 안 서고 있는 와중에 민철이 슬쩍 다가와 인사한다.

"처음 뵙겠습니다, 유태호 이사님. 이민철이라고 합니다."

"자네가… 그렇군."

무언가 말을 하려다가 이내 입을 닫은 태호가 고개를 끄덕인다.

"사무실로 안내 좀 해주겠나?"

"여부가 있겠습니까."

민철이 슬쩍 윤 주임에게 시선을 보낸다.

어떻게 대처해야 좋을지 몰라 하던 윤 주임이 그제서야 정신을 차리고 앞장을 선다.

"이, 이쪽으로 오시죠! 하하……."

천천히 계단을 오르기 시작하는 이들.

생각지도 못한 저승사자의 등장에 윤 주임은 살얼음판을 걷는 듯한 착각이 들기 시작했다.

"음……."

작은 사무실 안에서 지점장과 고 과장은 죽을 듯한 표정으로 사무실 의자에 앉아 있는 유태호를 바라본다.

매장 장부를 포함해 기타 뭔가 걸리적거릴 만한 게 있을 시에는 여지없이 태클이 들어온다.

　그러기를 근 2시간이 넘어가고 있었다.

　고 과장과 지점장은 2시간 동안 유태호에게 지적질을 당하고 있는 것과 다름이 없었다.

　"무리한 서비스 센터를 만든 것을 포함해서 쓸데없는 경비 지출, 지나친 회식비 남발 등. 심곡점에 맞지 않게 너무 많은 금액을 소화하고 있는 게 아닐까 싶다만."

　"죄, 죄송합니다!"

　"죄송할 것까지야 없어. 이런 건 그저 바꾸면 되는 거니까. 바꾼다는 건 말이야… 무엇을 바꾼다는 건지 알고 있나?"

　태호의 시선이 날카로워진다.

　매의 눈!

　사신이라 불리는 그의 포스가 지점장과 고 과장을 찍어 누르는 듯한 기분마저 선사한다.

　"잘… 모르겠습니다."

　"'사람'을 바꾸면 돼."

　"……!!"

　지점장과 고 과장이 동시에 사형선고를 받은 듯한 표정을 짓는다.

　"우리나라는 잔혹하게도 말이야. 많은 기회를 주진 않아.

삼세판이라는 말이 있잖나? 기회를 3번이나 주기에는 솔직히 여유가 없지. 우리가 글로벌 대기업이라고는 하나 밑에서 치고 올라오는 기업들을 늘상 견제해야 한다는 건 변함없는 사실이야. 절대강자의 가장 큰 약점은 바로 '시간', 즉 흘러가는 세월이라 할 수 있지."

"……."

"특히나 고성준 과장, 자네의 경우에는 내가 좀 안 좋은 소문을 들었어."

"무, 무슨 소문… 말씀이십니까?"

"여성 직원들을 성희롱한다고 들었다만."

"……!!"

고 과장의 표정이 더더욱 일그러지기 시작한다.

그러나 이내 무의식적으로 태호의 말을 부정하기 위해 거짓말을 내뱉는다.

"절대로 아닙니다! 저도 처가 있고 자식이 있는데 어찌 감히……."

"인사팀 차 실장이 나한테 그러더군. 심곡점 여성 직원들로부터 성희롱에 관한 피해 사례가 접수되었다고."

"그, 그럴 리가 없습니다! 전 여직원들을 그저 딸처럼 여기고……."

"딸처럼 생각한다는 사람이 아무렇지도 않게 성희롱을 즐긴단 말인가!!!"

쾌앙!!

태호가 거칠게 책상을 손으로 내려친다.

순간 크게 움찔한 지점장이 눈치를 보면서 고 과장에게 쏜 소리를 내뱉는다.

"자네, 그렇게 안 봤는데……!"

"지, 지점장님! 전 정말 그런 적 없습니다! 믿어주세요!"

"됐고, 자네는 바로 짐 싸! 지금 당장!"

"지점장님……!"

살기 위해서는 누군가를 희생양으로 내세워야 한다.

지점장도 사실은 고 과장이 은근슬쩍 성희롱을 하면서 자신의 욕구를 채우고 있다는 사실을 진작부터 알고 있었다.

오랫동안 같이 일해온 사이인데 모를 리가 있겠는가.

그러나 지금이라면 누가 모가지가 잘리든 전혀 이상하지 않다.

오래 알고 지낸 사이든 뭐든 서로 가정이 있는 상황에서 밥줄이 걸려 있는데 무언들 못 하겠는가.

지점장은 무리한 서비스 센터의 도입이라는 범실을 저질렀고, 고 과장은 구멍 뚫린 업무 활동과 여성 직원들에 의한 성희롱 피해 사례가 적발되었다.

순간 지점장은 빠르게 머리를 굴린 것이다.

둘 다 한꺼번에 심곡점에서 내칠 수는 없는 노릇이다. 그렇다면 심곡점 자체가 제대로 돌아가지 않을 테니까.

그렇다면 누군가가 대신 본보기로 잘려야 한다.

지점장은 자신이 살기 위해 고 과장을 희생양 역할로 전면으로 내세우기 시작한 것이다.

"이사님, 제가 책임지고 고 과장에 대한 문제를 해결하겠습니다!"

"음……."

태호가 지그시 지점장을 바라본다.

이사급이나 되는 그가 지점장의 속내를 모를 리가 없다.

자기가 살기 위해서 고 과장을 자른다.

실로 잔혹한 말일 수도 있지만, 이번 일을 계기로 지점장 또한 결코 안전한 직위가 아님을 인지했을 것이다.

"알겠네."

그렇게 말하고선 태호는 빠르게 사무실 바깥을 향한다.

고 과장이 다리에 힘이 풀렸는지 그대로 주저앉는 모습을 무시하면서 그는 뒤도 돌아보지 않고 매장을 나선다.

여성 직원들을 부추겨 고 과장의 성희롱 문제를 부각시킴과 동시에 감사관을 파견하게끔 만들어 지점장에게 경각심을 일깨워 줬다.

두 가지 일을 해낸 민철 덕분에 심곡점은 점점 변화하고 있었다.

우선 지점장이 회식 횟수를 줄였다는 점.

그리고 인사팀으로부터 새로 심곡점으로 발령이 난 뒤 오게 된 새로운 과장급 인물, 서인수가 오늘 첫 출근을 하게 되었다는 점이다.

"잘 부탁드리겠습니다, 지점장님."

"나도 잘 부탁하네."

가볍게 지점장과 악수를 나눈 서 과장이 부하 직원들과도 마주 악수를 나눈다.

'눈에 생기가 도는군.'

민철이 받은 서 과장의 첫인상은 나쁘지 않은 편이었다.

일에 대한 의욕도 있고, 나이도 많은 편이 아닌 오히려 젊은 편인지라 빠릿빠릿한 행동도 보인다.

역시 인사팀에서도 깐깐하기로 소문이 난 차 실장이 선택한 인물다웠다.

제2장

워크숍

서인수 과장이 출근하기 시작하면서 심곡 지점은 조금씩 달라지고 있었다.

물론 서 과장 혼자만의 힘이 아니었다.

본사에서 나온 감사관으로부터 말 그대로 비 오는 날 먼지가 나도록 탈탈 털린 지점장은 술자리가 있을 때도 직원들에게 피해가 갈 만한 일은 최대한 자제했으며, 술자리가 자정을 넘기지 않게끔 알아서 조절을 하기 시작했다.

제아무리 술자리가 좋다 하더라도 밥줄이 걸려 있으면 무언들 못 하겠나.

게다가 청진전자 심곡점 지점장이라는 자리가 그렇게 쉽게 오를 수 있는 지위가 아니다.

지점장 입장에서는 절대로 내려오기 싫은 자리일 것이다.

"좋은 아침."

서 과장이 출근하면서 윤 주임을 비롯해 매장 직원들에게 인사를 건넨다.

고 과장이 업무를 설렁설렁하게 하는 스타일이었다면 서 과장은 깐깐한 타입이었다.

사소한 것이라도 그냥 넘어가지 않는, 소위 말해서 군대식으로 표현하자면 FM이라고 해도 무방할 것이다.

직장 상사가 FM 타입이라면 피곤해지는 것은 당연 부하 직원들이다.

"안녕하십니까, 서 과장님."

"그래. 매장 청소는 잘해뒀겠지?"

"물론입니다!"

윤 주임이 기운차게 대답을 한다.

청소도 예전에 비해서 훨씬 빡세진 감이 없지 않아 있다.

스윽 매장을 둘러본 서 과장이 고개를 끄덕이면서 윤 주임의 어깨를 토닥여 준다.

"수고했어. 곧 매장 개장할 시간이니까 윤 주임이 인턴들 포함해서 직원들 잘 통제해 줘."

"예, 알겠습니다."

"그럼 조금 이따 봄세."

그렇게 말하고서 사무실로 올라가는 서 과장.

그와 동시에 윤 주임이 늘어지게 한숨을 내쉰다.

"으아아… 긴장되어 죽는 줄 알았네."

윤 주임처럼 다른 직원들 역시 서 과장이 자리를 비우자마자 그대로 긴장의 끈을 푼다.

서인수는 이번이 첫 과장 승진이었기 때문에 매사에 의욕적으로 덤벼들려는 습성을 보인다.

물론 열심히인 것은 좋지만, 덕분에 윤 주임은 부담감이 엄청나게 느껴지고 있었다.

"고 과장님이 그리워질 정도라니까."

"하하, 윤 주임님. 아무래도 그건 좀 무리가 있다고 생각하는데요."

민철이 어깨를 으쓱이면서 윤 주임의 말을 받아준다.

"뭐… 그렇긴 하지. 고 과장보다는 매사에 열심히 하려는 서 과장님이 더 좋은 건 분명하니까."

그리고 저렇게 깐깐하게 보여도, 서 과장은 부하 직원들을 생각보다 잘 챙겨주는 면도 있었다.

회식 자리에서 술을 못하는 직원들이 있으면 서 과장이 융통성 있게 지점장의 관심을 돌려 술을 그만 마시게끔 조치를 취해주는 경우도 있었다.

하기사. 저렇게 능력이 있고 눈치도 적당히 있으니까 비교적 젊은 나이에 과장이라는 자리에 오른 게 아닐까 싶다.

"어흠."

헛기침을 내뱉으며 매장으로 출근한 지점장.

매번 오후 출근을 고집하던 그도 최근에는 정시에 맞춰 출근하기 시작했다.

"안녕하십니까, 지점장님."

"서 과장은 올라갔는가?"

"예. 방금 올라갔습니다."

"그렇군……."

뭔가 곰곰이 생각을 하던 지점장이 매장 직원들을 향해 외친다.

"잠깐 이쪽으로 모여보게, 다들."

"……?"

윤 주임을 필두로 직원들이 이리저리 지점장을 향해 모이기 시작한다.

무슨 할 말이라도 있는 것일까.

궁금증을 자아내는 지점장의 부름에 직원들이 일제히 시선을 모은다.

잠시 헛기침을 한 지점장이 주변을 둘러보며 이들을 불러

모은 목적을 털어놓는다.

"실은 이번에 새로이 서 과장도 왔으니까 우리 매장 직원들 전체 워크숍을 갈까 하네만."

지점장의 말을 듣던 윤 주임이 슬쩍 달력을 본다.

그러고 보니 슬슬 워크숍 시기가 다가오기 시작했던 것이다.

"친목도 다질 겸, 그리고 서 과장에 대해서도 다들 알 겸 해서 한번 추진을 해보려고 하네. 본사에서도 승낙이 떨어졌으니 주말을 포함해서 2박 3일간 워크숍을 떠날 예정이네. 어떤가?"

"주말 포함……."

직원들 중 일부에서 새어 나오는 목소리였다.

사실 말이 워크숍이지 가서 장기자랑이라든지 친목을 다지기 위한 게임, 그리고 술자리 등등이 기다리고 있다.

놀고 먹고 하는 건 좋지만, 직장 동료들을 포함해 상사와 같이 간다는 시점부터 이미 즐기는 자리가 아니다.

워크숍 또한 업무의 일환이라는 것을 다들 알고 있을 터.

그런데 주말 포함이라니.

"어험. 내 자네들의 그 반응도 예상했지. 하지만 우리는 일반 회사와 달리 물건을 팔아야 하는 매장이야. 하루 정도는 쉴 수 있다 하더라도 3일 내내 매장 문을 닫는 건 좀 그렇지 않나?"

"마, 맞습니다."

"너무 불평불만 가지지 말게. 특별히 본사에서도 나중에 자네들에게 월차를 더 준다든지 아니면 보너스 개념으로 보상을 준다고 하니까."

그렇다면 이야기가 달라진다.

돈으로 받고 싶은 이는 돈을 청구해도 되고, 주말의 휴식을 보상받고 싶은 이는 월차를 청구하면 된다.

선택지가 존재한다는 점에서 직원들이 불만을 논할 단계가 아니었다.

"그럼 다들 찬성하는 걸로 알고 일정을 잡도록 하겠네. 한 명도 빠짐없이 참석할 수 있도록."

"예, 알겠습니다!"

직원들이 기운차게 대답을 한다.

워크숍이라.

'처음 가보는 행사군.'

민철은 다른 이들과는 다르게 묘한 설렘을 느낄 수밖에 없었다.

일정은 2주 뒤, 금요일부터 일요일까지 워크숍 계획이 잡히게 되었다.

경리인 오태희는 다시 한 번 스케줄을 체크하면서 동시에 사색에 잠긴다.

워크숍을 통해서 맺어진 사내 커플도 종종 있다.

그렇다면 혹시…….

"이번 기회에……."

태희의 머릿속에서 어느 한 계획이 구상되어 갈 무렵, 서 과장이 태희를 보더니 슬쩍 말을 건다.

"태희 씨, 무슨 생각을 그리 골똘히 해?"

"네?! 아, 아니에요!"

"벌써부터 워크숍 경비 잡아두는 거야?"

"아… 네! 그, 그런 셈이에요."

"역시 태희 씨네. 저번에 예산 때문에 본사에서 제대로 털렸다며. 나중에 또 털리지 않게끔 잘 정리해 둬."

"예. 신경 쓸게요."

물론 예산에 관한 문제는 태희가 업무를 소홀히 한 게 아니라 대부분 고 과장에 의한 범실이 가장 큰 이유를 차지하고 있었다.

대충 어떻게든 떼우라는 막무가내식 지시 덕분에 태희는 매번 스트레스를 받았지만, 이번 서 과장은 그런 건 없어서 편하다.

업무도 중요하지만, 지금 태희에게 있어서는 또 다른 중요한 문제가 있었다.

'이번 기회에 민철 씨랑 더 가까워질 수 있을까.'

20대가 지나가기 전에 슬슬 제대로 남자친구를 만들어 결혼 시기를 잡고 싶어 하는 태희에게 있어서 민철은 말 그대로 일등 신랑감이었다.

놓치고 싶지 않은 남자.

아마도 태희에게 있어서 이번 워크숍은 절호의 기회일 수도 있다.

그러나 여자의 적은 여자라 했던가.

"워크숍 간다며."

근처 카페 머메이드 심곡점에 일이 있어 잠시 들른 체린이 근처에서 일하고 있는 민철을 불러내 대뜸 이런 말을 한 것이다.

맞은편에 앉아서 커피를 음미하고 있던 민철이 가볍게 한숨을 내쉰다.

"스토커냐, 넌."

"스토커가 아니라 민철 씨 일정 정도는 내가 체크하고 있어야 하는 게 당연하잖아."

"그런 걸 스토커라고 하지 않나."

"제대로 된 스토커를 만나보지 못해서 그런 말을 하는 거야."

"마치 직접 만나본 듯한 말투를 하는군."

"물론이지. 나 좋다고 따라다니는 남자는 널리고 널렸으니까."

자신감이 넘치는 발언이었지만, 그 말에 전혀 신빙성이 없다고도 할 수 없는 것이 요즘 잘 나가는 머메이드 대표의 딸이기도 하며 외형적으로 봐도 나이에 비해 젊어 보이는 동양 미인, 체린 아니겠는가.

남자 한두 명 정도는 꼬일 수 있는 그런 스펙과 외모였기에 스토커를 겪어봤다고 말해도 전혀 이상하지 않게 다가온다.

"어쨌든 워크숍 가서 조심해. 괜히 이상한 여자랑 술 마시다가 바람피우지 말고."

"바람피울 만한 여자가 없을 텐데."

"여자란 모르는 거야. 언제 어디서 흑심을 품고 민철 씨를 유혹할 수 있다고. 게다가 민철 씨는 매장 내에서도 제법 괜찮은 스펙을 가지고 있으니까 여기저기서 몰래 마음 품고 있는 여자가 분명히 있을 거야."

정확히 지적했다.

민철은 속으로 체린의 선구안(?)에 놀랐지만 짐짓 표정을 관리하며 여전히 여유 있게 커피를 음미한다.

본래 감정을 외부적으로 가장 잘 표현할 수 있는 수단은 크게 2가지로 나뉜다.

목소리.

그리고 얼굴 표정이다.

목소리 자체는 입을 닫아버리면 그만이라 하더라도, 드러나는 얼굴 표정은 쉽사리 관리할 수 없다.

그렇기에 늘상 말을 잘하기 위해서는 자신의 감정을 표정으로 직접 드러내서는 안 된다.

그런 훈련이 잘되어 있기에 민철은 마이페이스를 유지하며 체린의 설교를 가볍게 넘긴다.

"주의할게."

"…못 믿겠는데."

"이거라면 믿어줄 수 있으려나."

그렇게 말하면서 민철이 슬쩍 무언가를 내민다.

"이게 뭐야?"

작은 상자를 바라보던 체린이 궁금증을 담아 묻자, 민철이 슬쩍 웃으면서 말한다.

"열어봐."

"……."

말 없이 슬쩍 손을 뻗어 상자를 열어본다.

그러자 그곳에는…….

"…어머…….."

놀란 눈동자로 상자 안에 담겨 있는 작은 반지를 바라보던 체린이 탄성을 자아낸다.

"첫 월급 탄 기념으로 주는 선물이야. 그동안 네 도움도 많이 받았으니까. 많이 부족하더라도 지금은 이것으로 참아줘.

나중에는 더 좋은 선물로 갚을게."

"…바보네, 민철 씨는."

손가락에 반지를 끼운 체린이 애써 붉어진 눈시울을 감추면서 작은 목소리로 말한다.

"이미 민철 씨한테는 충분히 많은 걸 받았으니까… 신경 쓰지 않아도 돼."

그렇게 말하더니 조심스레 민철의 옆으로 다가가 앉는다.

한쪽 팔로 체린의 가녀린 어깨를 감싸주자 체린은 반사적으로 민철의 어깨에 머리를 기댄다.

감동의 순간일지 모르지만, 마지막 한마디가 민철의 가슴을 찌른다.

"그래도 바람피우면 가만 안 둘 거야."

"하하……."

역시 이체린답게 끝까지 비수를 꽂는 말을 내뱉는다.

*　　　*　　　*

청진그룹 본사 인사팀 사무실.

그 안에서 차 실장은 쓴웃음을 내뱉으며 중얼거린다.

"좋겠다, 워크숍. 우리도 어디 놀러 안 가나."

차 실장의 말을 들은 모양인지 지나가던 남자 직원 한 명이

키득키득 웃는다.

"저희가 어디 놀러갈 틈이 있나요. 밀린 업무 해결하기 전에는 도망도 못 갈걸요?"

"현대판 노예 시장이구만."

씁쓸하게 웃어 보이던 차 실장이 자신의 컴퓨터 화면을 바라본다.

최근 인사이동에 관해 차 실장의 관심을 끌어당기는 현상이 일어나고 있었다.

영업 1팀의 황고수 부장을 포함해 각 부서의 주요 인물들, 혹은 성장 가능성이 충분한 유망주들이 새로 신설될 부서로 이동을 하게 될지도 모른다는 소문을 듣게 되었다.

도대체 무슨 현상일까.

"알 수가 없군… 아니지, 알고 있어도 모른 척을 해야 하나."

한경배 회장이 직접 추진하고 있다고 하지만, 회장의 의도가 너무 노골적으로 드러나는 게 아닐까 싶다.

아니, 오히려 이런 보이는 견제가 더더욱 다른 세력들에게 압박을 가하는 장치가 될지도 모른다.

"부사장님께서 아신다면 또 엄청나게 화내시겠군."

차 실장은 그저 이 치열한 세력전에 괜히 끼어 이리저리 쥐어터지기 싫다는 마음뿐이었다.

　　　　*　　　*　　　*

　워크숍 준비를 앞두고 일정을 짜고 있던 서 과장.

　그러나 딱히 어디로 놀러가야 좋을지 몰라 고민이 앞선다.

　지금까지 어딜 놀러가거나 여행 계획을 짜본 경험이 전혀
없었기에 직원들을 데리고 어디로 놀러가는 편이 좋을지 영
괜찮은 아이디어가 떠오르지 않는다.

　"으음……."

　옅은 침음성을 내뱉으며 의자에 몸을 묻은 채 곰곰이 생각
에 잠긴다.

　유흥 문화와 상당히 동떨어진 학창시절을 보내온 그였기에
굉장히 난감할 수밖에 없었다.

　어찌 보면 워크숍 준비가 업무보다 더 빡세다.

　차라리 본사에서 감사팀에게 검열을 받는 편이 더 쉬울 정
도라는 생각이 들 정도였다.

　"서 과장. 뭘 그리 고민하나?"

　지점장이 마침 한가한 모양인지 태희에게서 받아 든 커피
를 한 모금 음미한다.

　펜을 굴리던 서 과장이 멋쩍은 듯 웃으며 대답을 한다.

　"이번 워크숍을 어디로 갈지 고민해 보고 있습니다."

　"별거 가지고 다 고민을 하는구만. 그야 답은 나와 있잖아?"

"예?"

눈을 동그랗게 뜬 서 과장에게 지점장이 너털웃음을 터뜨린다.

"워크숍이라고 하면 당연히 산과 강이 있는 곳이지. 안 그런가?"

"산… 입니까?"

"그래, 산. 건강에도 좋고, 그리고 돈도 별로 안 들고. 내가 아는 친구가 펜션을 운영하고 있는데, 근처 산 풍경이 기가 막히다 하더군. 어떤가."

"음, 좋을 거 같습니다."

"그럼 후딱 정해 버리자고. 하하하!"

저 두 사람의 대화를 듣고 있던 태희는 속으로 '제발 산만큼은 피해주세요!' 라고 아우성을 쳤지만, 마음의 소리가 저들에게 들릴 리가 없을 터이다.

하필이면 산이라니.

맑은 공기와 푸른 자연의 풍경이 좋긴 하지만, 젊은 여성의 입장에서는 가장 피하고 싶은 워크숍 장소가 선택되는 순간이었다.

*　　　*　　　*

"어서 오……."

허리를 굽히며 매장 안으로 들어서는 손님을 향해 인사하던 석인이 그 자리에서 몸이 굳어버린다.

"뭐죠, 그 반응은?"

"아, 아닙니다. 하하… 오, 오늘은 무슨 일로 오셨나요?"

얼마 전, 박살 난 스마트폰을 들고 막무가내로 수리해 달라 따지던 바로 그 암사자… 가 아니라, 진상 여성 손님이 다시 모습을 드러낸 것이다.

"저번에 그거, 있나요?"

"그거라면……."

"저한테 추천해 줬던 신기종이요. 한번 줘보세요."

"아… 네, 잠시만 기다려 주세요."

후다닥.

발걸음을 빠르게 하며 저번에 민철이 추천해 줬던 신제품을 받아 든 여성 고객이 스마트폰을 매만진다.

이윽고 옅은 탄성을 자아내며 말하길.

"확실히… 이게 더 쓰기 편하네."

"주부님들에게 대인기인 상품입니다. 지금이라면 특가에 구입할 수 있죠."

"…이걸로 하나 주세요."

"네, 감사합니다!"

설마 탈주했던 암사자가 다시 제 발로 우리를 향해 걸어올 줄이야.

마침 휴게실에서 윤 주임과 같이 매장 안으로 들어서는 민철.

그의 모습을 확인하자마자 석인이 기쁜 표정으로 다가온다.

"민철 씨, 저번에 그 진상 고객님… 어흠! 클레임 들어왔던 고객님이 민철 씨에게 추천받았던 스마트폰 사러 다시 오셨다고요!"

"오, 그런가요?"

짐짓 놀라는 척하지만, 민철은 사실 그럴 줄 알았다.

신제품은 주부의 성향에 맞게 알맞은 세팅으로 구성되어 있으며, 무엇보다도 케이스를 무료로 제공해 준다는 이벤트와 더불어 특가에 판매되는 시즌인지라 주부라면 놓치고 싶지 않은 기회임에는 틀림이 없을 것이다.

더욱이 애초에 구기종과 신기종의 싸움이라 한다면 신기종의 승리임은 당연지사 아니겠는가.

게다가 그때 당시 신제품을 맛보기로 사용해 봤던 손님은 이미 신제품에 마음이 넘어간 듯한 눈치였다.

그래서 언젠가는 다시 올 거라 예상은 했지만, 그 시기가 민철이 생각했던 것보다 조금 빨랐을 뿐이다.

"이건 민철 씨가 거둔 성과니까 민철 씨가 마무리 짓는 게 좋을 거 같아."

윤 주임이 옆에서 제안을 해본다.

딱히 손해 보는 입장은 아니라 생각한 민철은 고개를 끄덕이며 새로운 스마트폰과 더불어 케이스, 그리고 작은 종이 가방을 들고 여성 고객에게 향한다.

"오랜만에 뵙습니다, 고객님."

"어머, 저번에 그 매장 직원이네."

여성 고객의 표정이 조금 풀어진다.

민철은 여성이 제아무리 화를 내도 오히려 화로 맞받아치지 않고 끝까지 웃음으로 일관했다.

사람을 상대하는 서비스 직종에서 가장 중요한 것은 바로 '미소'라 할 수 있다.

그 철칙을 끝까지 고수한 민철을 바라보던 여성 고객이 뭔가를 주섬주섬 꺼낸다.

"이거 받으세요."

"이건……."

핸드백에서 꺼낸 것은 다름이 아닌 명함 한 장이었다.

그러나 명함 위에 새겨진 글자는 유독 민철의 시각을 자극하기에 충분했다.

'돈냥이라 함은… 내가 아는 그 고깃집 브랜드명 아닌가.'

최근 20—30대의 입맛을 사로잡고 있는 '돈냥'.

오리지널 메뉴를 통틀어 품질 좋은 고기로 유명세를 떨치면서 한창 전국으로 체인점을 늘려가고 있는 고깃집 이름이기도 하다.

"별거 아니지만, 받아두세요. 남편이 명함 건네주라고 하더라고요."

"실례지만 혹시……."

"남편이 여기 사장이에요. 당신… 아니, 이민철 씨의 수완에 오히려 칭찬을 해줘야 한다고 저한테 엄청 잔소리를 늘어놓더라고요."

"이런… 죄송합니다. 저 때문에 괜히……."

"아니에요. 저도 그때 당시 생각을 해보면 제가 너무 무리한 요구를 한 거 같아서 좀 뒤끝이 찝찝했어요. 이제 와서 말하기도 그렇지만 그때의 일은 미안하다고 생각하고 있어요."

업무적인 면을 떠나서 사람 대 사람으로 만나면 나쁜 사람 하나 없다고 했던가.

그래도 뒤늦게나마 자신의 잘못을 뉘우친 중년의 여성이 슬쩍 웃으면서 말을 이어간다.

"매장 직원으로 일하기 힘들면 언제든지 찾아오세요. 사소하지만 이민철 씨에게 사과도 할 겸 언제든지 도움이 될 수 있는 일이라면 도와드릴 테니까요."

"감사합니다, 고객님."

"호호, 그럼 이건 잘 쓸게요. 나중에 남편에게 꼭 한번 연락해 보세요."

그렇게 말하고선 중년 여성이 매장 바깥으로 이동한다.

어쩐지 제법 귀티가 난다 했더니만 설마 고깃집 체인점의 아내 되는 사람일 줄이야.

'역시 기연(奇緣)은 언제 어디에서 발생할지 모른다니까.'

조심스레 명함을 넣어둔 민철은 다시 마음가짐을 잡으며 매장 일에 전념하기 시작한다.

제아무리 매출이 그리 좋지 않은 심곡점이라 하더라도 청진전자의 타이틀을 달고 있는 이상 영업은 정상적으로 하는 편이 이미지 관리상 좋다.

그래서 근처 다른 지점에서 파견된 직원들이 와서 임시적으로 심곡점을 대신해 매장에서 일을 해주기로 합의를 본 상태였다.

지점장이 술자리를 좋아하는 터라 그런지 부천점 지점장을 포함해 청진전자 계열의 매장, 심지어 라이벌 기업의 매장과도 두터운 친분을 가지고 있었다.

업무적인 면은 뒤떨어질지라도 인맥에 관해서는 확실히 지점장만 한 인물이 없었다.

"자자, 내일 워크숍 갈 준비는 다 끝냈겠지?"

"예!"

매장 문을 닫은 후, 퇴근하기 전에 직원들을 불러 모은 지점장이 기운찬 직원들의 대답을 들으며 만족한 미소를 짓는다.

뒤이어 서 과장이 헛기침을 하면서 지점장의 뒤를 이어받아 일정을 체크한다.

"내일 오전 8시에 매장 앞으로 전원 집합한 후, 차를 7대로 나눠서 타고 갑니다. 렌트해 온 차 3대와 저와 지점장님 개인 차량, 그리고 별도로 개인 차량을 소유하고 있는 이성찬 사원과 이민철 사원, 이렇게 총 4대의 차량을 더해서 7대로 움직이도록 하겠습니다. 어느 차량에 누가 탑승할지에 대해서는 내일 집합한 이후에 정하도록 하죠."

"예, 알겠습니다."

"그럼 차량을 소유하고 있는 분들, 그리고 렌터카를 운전하실 분들은 집합 시간보다 10분 정도 일찍 나와주세요."

"네."

"이상입니다. 모두들 일정에 차질이 없이 움직이도록 합시다."

깐깐한 서 과장답게 마무리는 '시간 약속 엄수'라는 의미를 담은 멘트로 끝을 맺는다.

직원들이 고개를 끄덕이면서 슬슬 자리에서 일어선다.

내일 워크숍을 위해서라도 오늘은 일찍 자둬야 하기 때문이다.

＊　　＊　　＊

"후우~"

뜨거운 숨결을 토해내며 자세를 바로잡은 민철이 마나를 다시 한 번 순환시킨다.

아침마다 지속적으로 수련에 수련을 거듭한 끝에 4클래스 수준까지는 끌어 올리긴 했으나…….

"현대 사회에서는 확실히 마법을 사용할 일이 별로 없긴 하군."

TV라든지 자동차 등 통신이나 이동 수단이 워낙 잘 갖춰진 탓에 굳이 마나를 소모하면서까지 이동을 하거나 원거리 통신을 할 이유가 없었다.

게다가 서로 검과 마법을 충돌시키며 싸울 일도 없고 말이다.

현대 사회는 무력보다도 무서운 게 바로 '말'이다.

고대 사람들이 검을 쥐고 싸웠다면 지금 이 시대 사람들은 혀를 통해서 싸운다.

어찌 보면 오히려 더 무서운 세상이 아닐까 싶다.

하지만 민철에게는 말 그대로 민철을 위한 세계일지도 모른다.

"설사 필요가 없다 하더라도 마법 수련은 계속 해두는 편이 좋겠지."

언제 어디서 마법이 필요할 때가 올지 모른다.

그리고 수련 자체는 정신을 맑게 하며 스트레스를 덜 받게 해준다.

아침에 일찍 일어나는 습관도 곁들여 주니 굳이 이 습관을 버릴 이유는 없는 것이다.

간단하게 씻은 뒤 짐을 챙기던 민철이 주방으로 내려온다.

마침 이른 아침식사를 하고 있는 모양인지 혜진이 민철을 반긴다.

"어서 와요, 오빠."

"오늘은 일찍 일어났네."

"아침에 시험 있거든요."

"그러고 보니 시험 시즌이구나."

현재 학교는 휴학한 상태인 터라 제법 오랫동안 수업을 듣지 않았던 민철은 시험이라는 단어가 꽤나 이질감 있게 다가오고 있었다.

"오빠는 오늘 출근이에요? 그런 것치고는 좀 빠른 거 같은데……."

"워크숍이야."

"말로만 듣던 워크숍?!"

"나중에 너도 겪게 될 일인데 뭘. 아무튼 잘 다녀오마."

"언제 오는데요?"

"2박 3일 잡혀 있어."

"다른 여자랑 이상한 짓 하지 말고 곧장 들어오세요!"

체린도 그렇고 혜진도 그렇고.

왜 다들 자신을 못미더워 이런 말을 하는 것인지 모르겠다는 식으로 그저 쓴웃음을 지어 보인다.

차를 이끌고 매장으로 향하는 민철.

매번 지하철 출근을 고집하다가 개인 차량을 몰고 출근을 한 결과, 이 생각밖에 떠오르지 않았다.

'이게 말로만 듣던 출근 지옥인가……'

지하철 출근보다도 더 애를 먹은 자가 차량 출근에 혀를 내두른 민철은 매장 주차장에 차를 주차시킨다.

가장 먼저 와 있던 인물은 역시 서 과장이었다.

"민철 씨 왔어?"

"안녕하세요, 서 과장님."

"일찍 왔군. 조금 설렁설렁 와도 되는데."

"아닙니다. 인턴이니까 일찍 와야죠."

"하하하. 뭔가 가볍게 흘려들을 수 없는 말이구만."

서 과장과 그렇게 둘이서 담화를 나누던 찰나에 속속들이 등장하는 심곡점 가족들.

개인 차량을 소유하고 있는 이들이 먼저 도착하고, 뒤이어 다른 직원들이 모습을 드러낸다.

*　　　*　　　*

"민철 씨, 수고했어."

윤 주임이 손을 흔들면서 민철에게 아침 인사 겸 공치사를 건넨다.

개인 차량을 소유하고 있는 4명, 그리고 렌터카를 운전할 사람들은 집합 시간보다 좀 더 일찍 매장 앞에 모여 있었다.

윤 주임을 비롯해 전 심곡점 매장 직원들이 집합을 한 시간은 대략 7시 58분 정도였다.

아무래도 새로 온 서 과장이 시간 엄수를 누누이 강조했기에 이렇게 다들 제시간 안에 모일 수 있게 된 거라 추측된다.

"다들 모였군."

서 과장이 슬쩍 인원들을 둘러보며 말을 한다.

"여러분들도 다 아시다시피 렌터카가 일단 수용 인원이 가장 많습니다. 타고 싶은 차량이 있으면 각자 끼리끼리 모여서 타고 가도 되고요. 특별히 강요는 하지 않으니 마음에 맞는 사람들끼리 조를 짜세요."

"네."

여행은 마음이 편한 사람들끼리 가야 하는 게 옳다고 했던가.

이동 시간만 대략 3시간, 왕복 6시간이 걸리는 대장정이기에 사람들은 가급적이면 어색한 사이보다는 친한 사람들끼리 같은 차량에 탑승하기를 원할 것이다.

본래 민철의 경우에는 만약 자신이 차를 가지고 있지 않았다면 1순위로 서 과장, 그리고 2순위로 지점장의 차량에 탑승했을 것이다.

3시간 동안 같은 공간에 있게 된다는 말은 그만큼 서로 간에 이야기할 기회가 많이 주어진다는 뜻이다.

게다가 오늘은 바로 워크숍을 가는 날.

여행이라는 배경을 깔고 가면 서로 대화 역시 보다 편하게 나눌 수 있다.

업무를 떠나서 놀러 가는 일이니까.

하지만 불행하게도 민철은 개인 차량 소유자.

'아깝지만 어쩔 수 없지.'

민철이 처세술을 발휘할 수 있는 절호의 찬스였지만 그래도 자신이 빠지게 되면 또 렌터카를 빌려야 하기 때문에 어쩔 수 없이 관두게 된다.

그리고 무엇보다도 운전이 능숙하게 가능한 사람도 사실 몇 없다.

"그럼 우린 민철 씨 차에 탈까."

윤 주임이 석인과 같이 슬쩍 민철의 차량 쪽으로 다가간다.

그러나 바로 그때였다.

"조수석은 제가 앉을 테니까 나머지 분들은 뒤에 타시면 안 돼요?"

"……"

이미 그들보다 먼저 선점하고 있던 이가 있었다.

바로 경리직을 맡고 있는 오태희였다.

"태희 씨… 민철 씨 차 타려고?"

"네."

"다른 여사원들은 렌터카 쪽으로 타는 거 같은데……"

"그렇다고 저도 렌터카에 타라는 법은 없잖아요."

"하, 하하… 그렇긴 하지."

머쓱한 듯 머리를 긁적이며 슬쩍 민철을 향해 시선을 던지는 윤 주임이었다.

결정은 민철이 알아서 하라는 뜻일 터.

가볍게 어깨를 으쓱인 민철이 별다른 어려움 없이 말한다.

"괜찮습니다. 그런데 남자 3명이랑 같이 타는 건 태희 씨에게 여러모로 불편한 점도 있을 텐데요. 괜찮습니까?"

"네, 괜찮아요. 저는 신경 쓰지 마세요."

아니, 아무리 그런 말을 한다고 하더라도 신경이 안 쓰이려야 안 쓰일 수가 없지 않은가.

모처럼 남자 사원들끼리의 단합을 꿈꾸었던 윤 주임은 태희가 눈치채지 못하도록 그저 한숨을 내쉴 수밖에 없었다.

"민철 씨. 목적지는 네비에 입력 잘해뒀지?"

서 과장이 출발하기 전, 운전석에 앉아 있는 민철에게 다시 한 번 확인을 받고자 창문 너머로 말을 걸어온다.

이 세계로 넘어온 이후로 현대 문명에 대해 많은 공부를 마친 민철이었기에 어렵지 않게 네비를 조작한다.

"예. 잘 입력되어 있습니다."

"설사 나중에 길 모르겠다 싶으면 앞차 따라서 오면 되고. 앞차 놓치면 바로 나한테 연락해. 한 대라도 차량이 낙오하면 그만큼 도착 시간이 지체되니까."

"명심하겠습니다."

"그럼 운전 잘하고. 아, 도중에 휴게실도 들를 예정이니까 그때 화장실 갔다 오고 싶은 인원 있으면 조사해서 나한테 말해줘."

"예."

"안전 운전 하고. 나중에 보자고."

세세하게 전부 체크를 마친 서 과장도 자신의 차량을 향해 발걸음을 옮긴다.

고 과장에 비해 확실히 FM이라는 느낌이 강하다.

"여행은 그냥 대충 가는 게 더 편한데."

그러나 석인은 서 과장을 볼 때마다 뭔가 답답한 느낌이 드는 모양인지 음료수 한 캔을 꺼내 들이마신다.

옆에 있던 윤 주임도 커피 캔을 꺼내 들며 석인의 말에 공감을 표한다.

"그렇긴 하지. 그래도 저런 분이 한 명 정도는 있어야 여행에 뒤탈이 안 생긴다고. 그렇지, 태희 씨?"

"네. 서 과장님 덕분에 업무 진행이라든지 이런 면은 빨리빨리 해결되어서 좋아요. 그러니까 석인 씨도 긍정적으로 생각하세요."

"아, 알겠습니다⋯⋯."

마치 훈계를 하는 듯한 태희의 말에 그대로 깨갱 하는 석인이었다.

한편, 민철은 차에 시동을 걸며 슬슬 출발 준비를 마친다.

순번상으로는 지점장의 차량이 가장 선두로, 그리고 뒤이어 렌터카들과 서 과장, 이성찬 사원, 그리고 마지막으로 민철의 차량이 그대로 뒤를 따른다.

앞차가 출발하자 민철이 곧장 브레이크에서 발을 뗀다.

"그럼 출발하겠습니다."

능숙하게 운전대를 돌리는 민철의 솜씨에 윤 주임이 제법 놀란 표정을 짓는다.

"민철 씨, 운전 잘하네."

"감사합니다."

"차는 완전 새 제품인데… 운전 경력이 좀 되나 봐?"

"하하, 얼마 안 됩니다. 많이 잡아봤자 한 달 정도 될걸요?"

"세상에. 한 달밖에 안 됐는데 이 정도라고?"

"제가 뭐든지 좀 빨리 습득하는 체질이라서요."

운전이라는 행위 자체는 레디너스 대륙에 있을 때 마차를 몬다든지, 각종 수제 교통기구를 이용해 본 경력을 지닌 민철의 입장에서 보자면 매우 편안하고 쉬운 행위 중 하나였다.

그저 운전대를 돌리는 것만으로도, 그리고 액셀을 밟는 것만으로도 차의 방향과 속도를 결정하니 얼마나 쉬운 일인가.

'이 세계의 교통수단은 정말 편하다니까.'

지하철을 비롯해 민철은 매번 이 세계의 과학 문명을 체험할 때마다 말 그대로 놀라움 그 자체를 느낀다.

'이러다가 나중에 비행기라는 걸 타게 되면 기절하게 될지도 모르겠군.'

자신의 미래에 대해 상상해본 민철이 쓴웃음을 지으며 핸들을 돌린다.

운전하는 도중, 이야기는 어느새 직장에 관한 이런저런 이야기들로 북새통을 이루기 시작한다.

그도 그럴 것이, 같은 직장에 다니는 직장 동료들끼리 있는데 직장에 관한 이야기가 나오지 않을 수가 없었다.

"…지점장님은 예전엔 엄청 열심이였다고. 얼마 전까지만 하더라도 술에 절어서 살았다는 게 믿어지지 않는다니까."

"지점장님이 예전에는 그렇게 성실하셨어요?"

석인이 놀란 표정으로 윤 주임에게 되묻는다.

지점장과 오랫동안 같이 일해온 윤 주임이었기에 당연하다는 듯이 대답을 들려준다.

"물론이지! 오히려 서 과장님보다도 더 FM이었다고."

"믿기지가 않는데요."

"뭐, 사람이라는 건 그 자리에 맞게 변하게 되어 있으니까."

"조금 성실한 방향으로 변했으면 참 좋을 텐데 말이죠."

"그래도 난 지금의 지점장님이 싫지만은 않아. 미운 정 고운 정 다 들어서 그런지 모르겠지만, 사람 대 사람으로 대하면 우리 지잠정님은 정말 좋으신 분이라고. 술자리에서만 빼고."

윤 주임의 마지막 말에 차량 안에 있던 인원들이 폭소를 터뜨린다.

"그러고 보니……."

운전을 하고 있던 민철이 윤 주임과 옆에 앉아 있던 태희를 번갈아 본다.

"두 분 중 어느 분이 가장 오랫동안 일하셨나요?"

"윤 주임님이 가장 오랫동안 일하셨어요. 물론 저희 중에서요."

석인과 민철은 인턴 신분이기 때문에 애초에 논할 가치가 없었다.

심곡점 경력으로 따지면 태희보다 윤 주임의 경력이 더 길다는 말에 민철이 고개를 끄덕인다.

"그럼 윤 주임님도 조만간 승진하시는 거 아닙니까?"

"승진이라는 게 그렇게 쉬운 게 아니니까. 그리고 사실 난 내가 봐도 일을 잘하는 타입은 아니라고 생각해. 고 과장님만큼 엄청 허술하다고는 생각하진 않지만, 그래도 특출 나게 잘한다는 생각도 아니니까. 오히려 가끔은 내가 민철 씨보다 더 일을 못할 때가 있다는 생각이 든다니까."

"하하, 농담이 지나치십니다, 윤 주임님."

"아니야. 민철 씨, 진짜로 일 잘해. 내가 장담할게. 사실 말이야, 처음에는 본사 채용이니 뭐니 해봤자 어차피 이제 막 첫 직장을 잡은 인턴 새내기에 불과하다고 민철 씨를 깔봤거든. 그런데 그게 아니었어. 이제 민철 씨가 한 달 조금 넘어가고 있지?"

"네, 그럴 겁니다."

"그런데도 벌써부터 고객들에게 대호평을 받고, 클레임 걸어오는 진상 고객을 아무렇지도 않게 웃으면서 상대하는 모습을 볼 때마다 소름이 끼친다니까. 사실대로 말해봐, 민철 씨.

심곡점이 첫 직장 아니지? 그렇지?"

"첫 직장 맞습니다."

"에이~ 거짓말하지 말고."

윤 주임이 손가락으로 민철을 툭툭 건드린다.

그러자 태희가 살짝 목소리에 힘을 주면서 그런 윤 주임의 행동을 말린다.

"윤 주임님, 운전하는 사람한테 방해되잖아요. 그러다가 사고라도 나면 어떻게 해요?"

"그, 그렇지. 미안……."

석인과 마찬가지로 곧장 깨갱거리며 금세 주눅이 든다.

태희가 약간 기가 센 면도 있긴 하지만, 석인과 윤 주임이 여사원들에게 기를 못 펴는 감도 없지 않아 있었다.

'남자란 본래 여자한테 약한 법이니까.'

세상을 지배하는 건 남자, 그리고 그 남자를 지배하는 건 여자라는 말이 있다.

결국 여자가 최강이라는 뜻일지도 모른다.

"태희 씨는 여기서 일한 지 얼마나 되셨나요."

분위기 전환을 위해 민철이 직접 질문을 던진다.

그러자 다시 표정 관리에 들어간 태희가 빙그레 웃으면서 민철에게만 특히나 상냥한 어투로 대답을 해주기 시작한다.

"1년 반 정도 됐어요."

"오래 일하셨군요."

"저 같은 경우에는 정직원이라기보다는 계약직이니까요. 그래서 사실 오래 일한다고 그다지 크게 득이 되는 건 없어요."

"그런가요?"

"네. 경리 겸 사무실 비서 역할 느낌이라고 할까요. 나중에 제가 관두게 되면 또 젊은 여성 한 명을 뽑으면 그만이니까요. 본래 다 세상사 그런 거 아니겠어요?"

말투를 들어보면, 태희는 굳이 심곡점에서 뼈를 묻으며 일할 생각은 없다는 것처럼 다가온다.

그녀의 진의를 파악한 민철이 슬쩍 뒤를 돌아보다가 다시 태희에게 묻는다.

"그럼 나중에 별도로 어떤 일을 하실지 계획 중이신가요?"

"글쎄요… 이건 비밀인데."

태희가 슬쩍 민철에게 눈을 흘기며 넌지시 말한다.

"나중에 둘만 있을 때 몰래 이야기해 줄게요."

"하하하. 알겠습니다."

대놓고 앞에서 썸 타는(?) 행위를 목격하고 윤 주임과 석인은 그 둘이 매정하다는 듯이 서로를 바라본다.

"하아. 인기 없는 남자들은 그냥 구석에서 얌전히 찌그러져 있으면 되겠지. 그렇지, 석인 씨?"

"그러게 말입니다, 윤 주임님. 아, 마침 여기 미리 사 온 맥주 캔이 있는데 미리 술판이라도 벌일까요? 솔로인 남자들끼리."

"좋지, 미리 한잔하자고!"

과장된 연기를 펼치는 두 사람의 말에 태희가 얼굴을 붉히며 소리친다.

"그런 거 아니라니까요!"

"알았어."

"알았습니다요."

역시 분위기를 밝게 만드는 일에는 윤 주임과 석인이 있어야 한다.

두 사람 덕분에 민철의 차량은 나름 화기애애한 분위기를 유지하며 도로 위를 달리기 시작한다.

*　　*　　*

3시간의 대장정이 끝나고 나서 별장 주차장으로 들어선 이들.

뻐적지근한 어깨를 이리저리 돌리는 운전자들과는 다르게 민철은 가볍게 목을 풀어주는 것만으로도 장시간 운전의 피로를 풀 수 있었다.

육체적으로, 그리고 정신적으로도 수련을 거듭하는 그였

기에 어렵지 않게 다시 원상태로 체력을 회복할 수 있었던 것이다.

"자, 다들 짐 후딱 나르자고."

"예!"

남자 사원들이 주로 무거운 짐을, 그리고 여자 사원들이 다수의 부수품들을 별장 안으로 옮긴다.

나무로 만들어진 제법 고풍스러운 별장 디자인에 사원들이 탄성을 자아낸다.

별장 옆에는 강이 있고, 근처에는 산이 있다.

말 그대로 자연의 풍경을 그대로 느낄 수 있는 장소라 불러도 손색이 없다.

'이 세계에도 이런 진귀한 풍경을 지니고 있는 장소가 있을 줄이야……'

잠시 자연의 위대함에 감탄을 토로하던 민철이었으나 이내 윤 주임의 부름에 답할 수밖에 없었다.

"민철 씨, 이거 민철 씨 짐이지?"

"예. 제가 정리하겠습니다."

각자 할당된 방에 짐을 옮기는 이들.

민철이 배정된 방에는 '인턴 조'라고 해서 석인을 비롯해 또 다른 인턴인 강대한, 이렇게 3명이서 한 방을 사용하게 되었다.

"2박 3일 동안 잘 부탁드리겠습니다, 하하."

체격이 좋은 강대한이 민철에게 먼저 손을 내민다.

민철은 석인과는 자주 어울려 다니곤 했지만, 사실 대한과는 그다지 잘 어울리지 못했다.

민철이 워낙 윤 주임과 석인과 친하게 지낸 것도 없지 않아 있기에 이번 기회를 통해 대한과 친해지자는 소소한 목표를 가지게 된다.

"저야말로 잘 부탁합니다."

사람이 썩 나빠 보이진 않는다.

일도 잘하고, 직장 내에서는 평판이 오히려 좋은 편이다.

체력도 좋기에 어떠한 무리한 업무를 시켜도 열정적이고 적극적으로 임하는 그런 성실한 청년이었다.

게다가 술자리에는 매우 호쾌한 성격을 지니고 있어서 분위기를 잘 이끌어 나갈 줄 아는 그런 사람이라고 할 수 있었다.

민철의 주변 인물 중 굳이 비유를 하자면 아마 김대민과 비슷한 부류일 것이다.

그렇게 인턴들끼리 간단하게 인사를 하고 모두가 별장 앞에 집합한다.

사복 차림의 지점장이 모두를 둘러보며 별거 없다는 식으로 간단하게 앞으로의 일정을 말한다.

"우선 점심이나 먹자고, 다들. 어떤가."

"예, 좋습니다."

이른 아침부터 차를 운전하고 오느라 체력이 방전된 운전자들이 특히나 찬성의 목소리를 기운차게 낸다.

곧장 산에 올라가면 어쩌나 조마조마했던 이들이었으나 지점장의 융통성 있는 말에 안도의 한숨을 내쉰다.

"그리고 점심에는 역시 술이 빠질 수 없지!"

"……."

역시나 술을 좋아하는 지점장답게 곧장 집에서 가져온 고급 술들을 꺼내놓기 시작한다.

대낮부터 술이라니.

정적에 휩싸이게 된 사원들을 보던 지점장이 웃음을 지으며 말한다.

"허허, 산은 내일 올라가면 되는 일이고! 오늘은 강가에 가서 놀자고."

겨울 날씨가 점점 모습을 감추고 따스한 봄의 기운이 완연한 시기.

그렇다 하더라도 강물은 여전히 차가웠다.

"동상 걸리겠네……."

태희가 살짝 슬리퍼 신은 발을 담갔다가 이내 곧장 빼면서 가볍게 투덜거린다.

옆에서 태희를 지켜보던 수지가 빙그레 웃으면서 다가온다.

"언니는 식사 안 하세요?"

"남자들끼리 술 마시는 자리에 굳이 끼고 싶지 않아."

"민철 씨도 있는걸요?"

"……."

민철의 이야기가 나오자 태희의 표정이 살짝 변한다.

사실 마음 같아서는 저 자리에 끼고 싶지만, 그렇다고 대놓고 여자 혼자서 가기에는 너무 사심이 드러나 보인다.

물론 여태 해온 태희의 행동에 눈치를 채지 못할 사원들은 없을 터지만, 그래도 남자들끼리 진탕 술자리가 펼쳐진 곳에 가봤자 자신이 민철에게 어필할 수 있는 수단은 극히 한정되어 있다.

"하아… 나도 모르겠어."

그대로 쭈그려 앉은 태희가 깊고 깊은 한숨을 내쉰다.

여자의 마음이란.

참으로 복잡한 것이었다.

한편.

예상치 못하게 커진 술판에서 고생하고 있는 인물은 다름이 아닌 석인이었다.

"자, 석인아! 너도 마셔!"

"저, 저는 술은 좀······."

석인은 술을 잘 못하는 체질이다.

주량이 많아봤자 소주 2잔.

2병도 아니도 2잔이기에 그렇게까지 많은 술을 마시진 못한다.

"어허, 젊은 친구가 술도 못해서 사회생활 어떻게 하려고 그래!!"

지점장이 살짝 목소리를 높인다.

술자리에서만큼은 폭주 기관차로 돌변하는 지점장이었기에 석인이 매우 난감한 표정을 짓는다.

서 과장이 먼저 가서 말릴까 하는 순간.

"하하, 지점장님! 여기 흑기사 대령입니다!"

대한이 슬쩍 다가와 지점장이 건네는 술잔을 대신 받으려 한다.

"예끼! 이 녀석아! 흑기사는 여자한테나 해주는 거지 남자 따위에게 무슨 흑기사냐!"

"지점장님, 기사란 자고로 성별을 가리지 않고 약한 자를 지켜주는 그런 존재 아닙니까? 오늘은 제가 흑기사입니다, 흑기사!"

"하하하! 요놈 봐라? 그래, 어디 한번 내가 주는 잔 마셔봐라!"

지점장이 소주잔을 버리고 맥주잔에 소주를 콸콸 담아주기 시작한다.

더 이상은 안 되겠다는 듯이 지점장을 말리려는 서 과장이었으나, 그럴 시간도 주지 않으려는 듯이 곧장 대한은 그 술잔을 단숨에 들이켠다.

꿀꺽, 꿀꺽, 꿀꺽!

"푸하아아!!"

거친 숨결을 토해낸 대한이 손등으로 입가를 훔치면서 또다시 맥주잔을 내민다.

"지점장님께서 주신 술이라 그런지 더 맛있지 말입니다."

"이 친구가 뭘 좀 아는군!"

"한 잔 더 받겠습니다."

"그래, 오늘 한 번 나랑 같이 죽어보자! 하하!"

말 그대로 개판이라 할 수 있지만, 지점장은 기분이 나쁘지 않은 모양인지 대한과 같이 줄기차게 술자리를 즐긴다.

근처에서 바라보던 남자 사원들은 저 자리만큼은 끼고 싶지 않다는 표정을 지어 보이고 있었지만, 민철은 그들과는 다른 면을 보고 있었다.

대단한 주량도 주량이지만 대한은 스스로 같은 인턴인 석인까지 대신 커버를 쳐 준 것이다.

"하아……."

술을 못 마시는 체질인 석인이 나지막이 한숨을 내쉰다.

그 모습을 보고 있던 서 과장이 석인의 어깨를 토닥거려 주며 지점장 쪽에게는 들리지 않을 만큼 작게 속삭인다.

"너무 그렇게 신경 쓰지 마. 까짓것 술 못 마실 수도 있지."

"…죄송합니다. 괜히 저 때문에 분위기 흐려질 뻔한 거 같습니다."

"됐어. 그것보다 다른 사원들이랑 같이 있으면 지점장님이 굳이 석인 씨한테 술 주려는 생각 안 할 테니까 저쪽으로 가 있어."

"…네……."

축 어깨가 처진 석인이 다른 사원들을 향해 발걸음을 옮긴다.

옆에서 그 모습을 보고 있던 민철이 조용히 술잔을 기울인다.

본래대로라면 민철이 지점장의 술 상대를 해줬어야 했지만, 대한이라는 생각지도 못한 다크호스의 등장에 민철의 순번이 오질 않게 되었다.

그래도 나름 나쁘지 않다는 점을 느끼며 술을 음미하고 있던 찰나였다.

"민철 씨, 잠깐 나 좀 볼까?"

서 과장이 손짓을 하며 민철을 부른다.

근처로 다가간 민철이 서 과장의 부름에 답을 하듯 묻는다.

"무슨 일이십니까?"

"민철 씨가 심곡점에서 가장 최근에 들어온 사람 맞지?"

"예, 그렇습니다."

"석인 씨는 어떻게 생각해?"

"…석인 씨요?"

"윤 주임이나 민철 씨랑 자주 어울려 다니니까 묻는 거야. 사람됨이 어떤지 뭐 그런 거 있잖아."

"……."

순간 민철은 눈치를 챌 수밖에 없었다.

지금 이 시기는 민철에게는 둘째 치고 석인, 수지, 그리고 대한 이 세 사람에게는 매우 중요한 시기이다.

이들이 바로 인턴 3개월째에 돌입하는 기간이었기 때문이다.

"정직원 전환에 관련된 일입니까?"

"역시 민철 씨는 눈치가 빨라. 함부로 말을 가볍게 놀릴 수가 없다니까."

서 과장도 술을 꽤나 하는지, 벌써 소주 1병째를 비우기 시작한다.

비어 있는 술잔을 발견한 민철이 자연스럽게 소주 1병을 깐 뒤 병을 기울인다.

"한 잔 따라 드리겠습니다."

"그럴 의도는 아니었는데… 여튼 고마워."

쪼르르르르.

투명한 알코올의 액체가 작은 소주잔을 채워간다.

이윽고 서 과장이 병을 그대로 받아 민철의 잔을 가리킨다.

"나도 보답으로 한 잔 따라주지."

"감사합니다."

마주 술잔을 받은 민철.

서로 1잔씩 그대로 원샷을 한 뒤에 서 과장이 다시 본론을 꺼낸다.

"이제 슬슬 누구를 정직원으로 전환시켜 줄지 결정해야 하는 시즌이야. 인턴 기간 3개월을 다 채워가고 있으니까 만료되기 전에 어느 정도 윤곽은 잡아둬야지."

"그렇군요."

"민철 씨도 얼핏 들었겠지만, 대한 씨는 성격도 좋고 일도 잘해. 막노동을 포함해서 여러 가지 일을 해왔던 사람이라 그런지 수완도 좋고 손재주라든지 상황 대처 능력도 발군이지. 하지만 석인 씨는 달라. 여태 공부만 해오다가 이제 첫 직장을 잡은 사회 초년생이지. 클레임이 들어오는 고객 앞에서는 얼어붙고, 제대로 설명을 할 수 있는 단계가 아니야."

다시 한 번 민철에게 술을 받은 서 과장.

"물론 고객의 클레임에 모범 답안처럼 대처할 수 있는 능력을 지닌 신입 사원은 거의 없다고 생각해. 민철 씨의 경우에는 정말로 특이한 케이스라고 생각하지만⋯ 그래도 회사란 게 그렇잖아. 능력이 있는 사람을 우선적으로 뽑고 싶어 한다고. 민철 씨도 생각을 해봐. 민철 씨가 상사라면, 부하 직원을 뽑게 될 경우 우수한 사람을 뽑고 싶어 하는 게 당연한 심리 아니겠어?"

"예, 그렇습니다."

"솔직히 말해서 고민이 많아."

현재 업무 평가를 진행 중인 것은 지점장이다.

본래는 고 과장에게 민철의 업무 평가를 통틀어 전부 일임했던 적이 있지만, 지금은 그럴 수도 없는 노릇이 고 과장이 그만두게 되었고, 서 과장이 새로 왔다.

이제 온 지 얼마 안 된 서 과장이 무엇을 알겠는가.

그러나 그렇다 하더라도 서 과장의 입김이 전혀 작용하지 않는다고 생각하면 오산이다.

지점장보다도 가까운 곳에서 사원들과 일하는 게 바로 서 과장의 일이기 때문이다.

정규직 전환에 대해서 서 과장 또한 많은 고민을 하고 있는 것으로 보인다.

그때, 문득 궁금증이 든 민철이 질문을 입에 담는다.

"수지 씨는 어떻습니까?"

"수지 씨는 뭐… 여사원이 부족하니까 웬만하면 채용이 될 거 같은 분위기이긴 한데. 남자 사원을 둘까지 채용하진 않을 거 같더라고."

"그렇습니까."

"아, 잊고 있었는데 내가 이런 말 한 거, 절대로 수지 씨나 대한 씨, 석인 씨한테는 말하지 마. 티도 내지 말고. 민철 씨니까 내가 믿고 말하는 거야. 알겠어?"

"물론입니다, 서 과장님."

"…그래도 내가 이런 말을 한다 해도 어차피 결과는 머지않아 나올 예정이니까. 그리고 사원들 사이에서도 소문이 얼핏 들리는 거 같더라."

"소문 말입니까?"

"그래. 대한 씨가 워낙 대인관계도 좋고 성격도 좋은지라 직장 내에서는 대한 씨가 석인 씨를 누르고 정규직으로 전환될 거 같다는 소문이 돌더군."

"……"

"아마 민철 씨도 들었을 거야."

지나가는 식으로는 얼핏 들었지만, 소문이라는 건 신빙성이 없기에 무시했었다.

그렇다면.

서 과장의 진의는 무엇일까.

"서 과장님은 그 소문이 사실이 될 가능성이 있다고 생각합니까?"

직접적으로 묻는 민철.

그에 서 과장은 잠시 생각하는 시간을 가지더니 이내 그에 대한 대답을 한다.

"전혀 근거 없는 소문은 아닐 거야."

＊　　　＊　　　＊

석인이 잘릴지도 모른다.

전혀 근거 없는 소문은 아닐 거라는 서 과장의 말에 민철은 본능적으로 알아차린다.

잘릴지도 모른다가 아니라 잘릴 것이다.

'결국 이렇게 되는 건가.'

사실 민철도 어렴풋이 알고는 있었다.

직장이란 곳에서 중요한 것은 성격이 좋아야 하는 것도 아니다.

능력.

학벌과 백을 제외하고는 능력이 있어야 살아남을 수 있다.

강대한과 유석인. 두 사람을 놓고 비교하자면 능력은 대한이가 월등히 높을지도 모른다.

원활한 대인관계, 그리고 철저한 영업 마인드.

많은 사회 경험을 통해서 다져진 눈치는 절대로 초짜 사회인인 석인이 넘을 수 없는 벽이다.

"민철 씨도 석인 씨랑 친하게 지내서 섭섭하게 생각할지도 모르겠지만, 이해해 줘. 본래 직장이라는 게 다 그렇잖아?"

"예, 저도 알고 있습니다."

"마음의 준비를 미리 해두는 편이 좋을 거야."

그렇게 말하고서 또다시 술잔을 비우는 서 과장.

그 역시도 웃으면서 이런 이야기를 꺼낼 수는 없었을 것이다.

짧은 기간이긴 하지만 그래도 자신의 부하 직원이었던 자를 내쳐야 될지도 모른다는 건 상사의 입장에서 늘상 괴로운 일이니까.

점심 때 벌어졌던 술자리 덕분에 지점장은 그대로 방에 들어가 곯아떨어진 상태였다.

덕분에 오늘 예정되어 있던 등산은 전면 취소.

대신, 강가에 가서 낚시나 하자는 일부 남자 직원들의 선동에 의해 졸지에 낚시 대회가 펼쳐지게 되었다.

낚시에 관심이 없는 여사원들, 그리고 다른 남자 직원들은 강가에서 물놀이를 즐기는 것으로 오후의 일정을 소화한다.

그리고 남자 직원들이 잡아 온 물고기로 매운탕을 끓인 뒤 식사를 마친 이들.

노래자랑이라든지 장기자랑 등 다양한 행사 속에서 MC를 맡은 윤 주임이 분위기를 돋우기 시작한다.

"자자, 여기서 우리 본사 채용이라는 눈부신 스펙을 지니고

있는 민철 씨 노래를 안 들어볼 수가 없지!'

"오오오!!"

"이민철! 이민철!'

윤 주임이 자연스럽게 분위기를 이끌며 민철을 불러낸다.

예상치 못한 지목을 받게 된 민철이 쓴웃음을 지으면서 자리에서 일어선다.

어두컴컴한 밤하늘 아래에 활활 타오르는 캠프파이어.

그 앞에 선 민철이 마이크 대용으로 잡은 숟가락을 집는다.

"반주, 준비되었나?'

"준비됐습니다!!"

통기타를 챙겨 온 남자 사원 한 명이 기운차게 대답을 한다.

"자, 우리 민철 씨는 무슨 노래를 부를까?'

"글쎄요. 발라드라도 부를까요?'

"오, 좋지! 여심(女心)을 공략하는 민철 씨의 발라드가 듣고 싶다는 사람, 소리 질러!'

"꺄아아아악!!"

대부분 여사원들이 기운차게 외친다.

남자 사원 중 일부도 소리를 치는 걸로 보아서는 아무래도 발라드를 불러야 할 때가 온 거 같다.

안 그래도 민철의 순번이 오기 전까지는 죄다 트로트, 댄스, 심지어 힙합 등 분위기를 띄우기 위해 일부러 활기찬 노래를 부른 사원들이 대다수였다.

여기서 정적인 분위기를 연출해 주는 것도 좋을 거라는 생각에 민철이 선택한 곡은 이승철의 '말리꽃'이었다.

얼마나 더 견뎌야 하는지 짙은 어둠을 헤매고 있어~

감미로운 민철의 노랫소리에 순간 넋을 잃기 시작하는 사원들.

오늘 처음 들어보는 민철의 노래 실력이 이렇게까지 좋을 줄은 꿈에도 몰랐던 것이다.

감미로운 목소리가 캠프파이어의 불길을 타고 귓가를 자극한다.

은은한 통기타의 반주에 따라 노래가 막바지에 이르게 되고, 드디어 끝을 맺자 우레와 같은 박수 소리가 쏟아진다.

"우와아아아!!"

"감사합니다."

간결하게 목례를 한 뒤 자리로 들어가는 민철.

옆에 있던 석인이 대단하다는 식으로 민철을 칭찬한다.

"민철 씨, 도대체 못하는 게 뭡니까? 운전 잘하지, 사회생활 잘하지, 말 잘하지, 게다가 노래도 잘 불러……."

"하하, 과찬입니다."

말 그대로 만능 인간이라는 말을 그대로 옮겨놓은 듯한 모습이었다.

한편, 민철을 멀찌감치에서 바라보던 태희는 잔뜩 빨개진 얼굴을 두 손으로 감추고 있었다.

진심으로 반해 버릴 것 같은 민철의 모습에 태희의 심장은 터지기 일보 직전이었다.

'어떻게 해…….'

점점 더 민철에게 빠져 버리기 시작한 태희는 얼굴을 묻은 채 최대한 자신의 감정을 겉으로 표현하지 않으려 노력한다.

"그럼 마지막으로 우리의 새로운 두목! 서 과장님 모셔보죠!"

"두목이라니……."

서 과장이 윤 주임의 멘트에 이걸 농담으로 받아들여야 할지 아니면 진담으로 받아들여야 할지 모르겠다는 표정을 지으면서 캠프파이어 앞에 선다.

"어흠. 시간도 늦었으니까 이것으로 종료하고, 다들 별장으로……."

"서 과장님! 노래 한 곡 하시고 가셔야 합니다!"

"옳소!!"

사원들이 일제히 목소리를 높이며 서 과장의 노래를 재촉한다.

진정하라는 듯이 손을 휘휘 내저은 서 과장이 결국 항복 의사를 표시한다.

"그럼 노래 끝나고 바로 별장으로 들어가도록 합시다. 알겠죠?"

"네!"

결국 한 곡 뽑게 된 서 과장이 선택한 곡은 남진의 '둥지'였다.

점잖은 타입에 깐깐한 서 과장이 설마 어깨가 들썩거리는 트로트를 부를 줄이야.

"자, 모두 일어서!"

윤 주임이 분위기를 달구기 위해 사원들을 일으켜 세운다.

결국 잠깐 벌어진 춤판으로 이번 캠프파이어를 마무리 짓는 이들.

첫날부터 너무 불타오른 게 아닐까 싶을 정도로 이들은 직장 생활에서 받았던 스트레스를 잠시 벗어버리고 미친 듯이 놀기에 전념한다.

다음 날 아침.

오늘은 예정대로 산에 올라가기 위해 각자 아웃도어 복장을 갖춰 입고 별장 앞에 집합한다.

지점장도 오늘은 정신이 맑아진 모양인지 모두를 불러 대략적인 산행 코스를 소개한다.

그리고 출발하기 전, 덕담 한마디 던지는 것을 잊지 않는다.

"모두 끝까지 올라 정상에서 볼 수 있도록 합시다. 심곡점 파이팅!!"

"파이팅!!!"

출발하기 전에, 서 과장이 잠시 남자 사원들을 불러 모으며 외친다.

"누가 물통 좀 짊어지고 갈 사람 있어?"

무거운 물통을 짊어지고 산행까지 하려면 말 그대로 지옥을 맛보게 될 것이다.

그렇다고 여사원들에게 이 무거운 물통을 짊어지게 할 수도 없는 노릇이기에 남자 사원들에게 물었지만 좀처럼 나서는 사람이 없었다.

바로 그때였다.

"제가 들겠습니다."

당당히 손을 들고 나선 민철을 보며 서 과장이 스윽 민철의 전신을 훑어본다.

"괜찮겠어? 민철 씨."

"예. 이래 봬도 체력 하나는 괜찮습니다."

"그렇다면야 뭐… 그럼 물통 하나 남는데 나머지는 누가……"

서 과장의 말이 끝남과 동시에 두 사람이 동시에 손을 든다.

"제가 하겠습니다!"

"제가 하겠습니다!!"

손을 든 두 사람은 다름이 아닌 석인과 대한이었다.

두 사람을 훑어보던 서 과장이 대한을 지나치고 석인에게 묻는다.

"아무래도 물통은 대한 씨가 짊어지는 게 좋을 듯한데. 석인 씨는 좀……"

"저도 괜찮습니다! 게다가 대한 씨는 어제 숙취 때문에 몸 상태도 별로 안 좋아 보이니까요. 그죠, 대한 씨?"

"틀린 말은 아닙니다만… 그래도 괜찮겠습니까? 석인 씨가 들기에는 좀 무거워 보이는데."

"괜찮아요. 저도 이래 봬도 남자니까요. 웃차!!"

기세 좋게 물통을 한쪽 어깨를 통해 들어 올린다.

허리가 나갈 것 같은 고통이 엄습하지만, 석인은 애써 웃음을 지으며 괜찮다는 말을 연달아 내뱉는다.

"힘들면 바꾸면 되니까. 그럼 자, 출발합시다."

서 과장의 말에 모두가 서서히 발걸음을 옮긴다.

민철이야 어차피 스트랭스(Strength) 버프 마법을 발동시키면 된다 치지만, 과연 일반인인 석인이 저걸 옮길 수 있을지.

"무리하지 마세요, 석인 씨."

물통을 이고 가던 민철이 석인에게 충고하지만 석인은 고개를 절레절레 저을 뿐이다.

"이거라도 해야 그나마 눈에 띌 수 있으니까요."

"……."

"저도 알고 있어요, 민철 씨. 제가 대한 씨에 비해 평판이 좋지 않다는 것을. 저번에 말씀드렸죠? 심곡점에 입사한 인턴은 3명이라고. 수지 씨, 저, 그리고 대한 씨. 수지 씨야 어차피 여사원이 부족하니까 뽑힐 가능성이 충분하다 치면 저하고 대한 씨가 경쟁해야 되요. 그런데 대한 씨는 저보다도 사회 경험도 훨씬 많고 대인관계도 좋고 성격도 좋죠. 제가 이길 수 있는 건 아무것도 없어요."

"그렇긴 합니다만……."

"그럼 오기만이라도 이길 수 있도록 해야죠! 전 어떻게 해서든 살아남을 겁니다. 맨날 도서관에 출근하듯 공부하면서 겨우겨우 청진그룹에 입사했는데, 이제 와서 허무하게 떨어질 순 없잖아요!"

"……."

"자, 빨리 가죠. 휴식할 때마다 저희가 가장 먼저 도착해서 물 나눠줘야 하잖아요?"

비틀거리는 발을 억지로 지탱하면서 산행길을 오른다.

사실 민철은 석인의 말에 반박을 가하고 싶었다.

오기라는 것은 허울 좋은 말일 뿐.

지금 석인이 보여주는 것은 그저…….

'고집에 불과하거늘.'

산언저리 부근에 도착할 때까지 석인은 끝까지 물통을 놓지 않았다.

그나마 다행인 점은 휴식 장소에 도착하는 횟수가 많아질수록 물을 찾는 사람들이 많아져서 점점 물통에 담겨 있는 식수가 줄어들고 있다는 점이었다.

그 덕분에 그나마 물통의 무게가 조금씩 가벼워지고 있다는 점은 석인에게 희소식으로 작용하고 있었다.

하지만 그렇다 하더라도 장시간 물통을 이고 산행을 감행한다는 건 허리와 다리에 그만큼 무리가 간다.

"하아… 하아…….."

휴식을 취하는 장소에 도착한 석인은 물통을 내려놓자마자 거칠게 호흡을 몰아쉰다.

이윽고 후발대 주자들까지 도착하게 된다.

"하하, 석인이가 의외로 힘이 좋구만! 다시 봤어!"

지점장이 석인의 의지에 놀란 모양인지 어깨를 토닥여 주며 칭찬을 들려준다.

오랜만에 받는 지점장으로부터의 칭찬이라 그런지 석인이 목소리를 높여 대답한다.

"감사합니다! 제가 이래 봬도 힘이 장사입니다!"

"암! 그렇고말고! 자고로 젊은 남자라면 힘이 좋아야지. 하하하!"

그래도 노력한 대가는 받은 모양인가 보다.

지점장에게서 달리 봤다는 말을 듣는 게 이리도 기분이 좋을 줄은 석인 본인도 몰랐다.

그렇게 다들 물을 마시고 다시 출발하려던 찰나였다.

물통을 짊어지고 발걸음을 떼는 순간.

"…윽!"

짧은 신음을 내뱉은 석인이 순간 휘청거린다.

그러나 이내 다시 자세를 잡으며 넘어지는 사태를 간신히 방지한다.

"석인 씨, 괜찮아?"

윤 주임이 뒤에서 석인의 상태를 걱정했지만, 석인은 고개를 흔들 뿐이었다.

"괜찮습니다. 잠시 현기증이 나서 그랬던 것뿐이에요."

"무리하지 말고 힘들면 다른 사람이랑 교대해."

"예, 힘들다 싶으면 바로 이야기하겠습니다."

옆에서 지켜보던 민철은 같이 나란히 걷고 있는 석인의 상태가 심상치 않음을 눈치챈다.

발목이 순간 꺾이는 것을 직접 봤기 때문이다.

"석인 씨."

민철이 잠깐 발걸음을 멈추고 석인을 부른다.

"고집 피우지 말고 그쯤 하는 게 좋을 거 같습니다. 방금 발목을 접질린 거 같은데, 그 상태로 물통을 짊어지고 산행하다가 자칫 잘못하면 큰 부상을 입을 수 있어요."

"정말 괜찮다니까요?"

"……"

"제가 할 수 있는 일이 있다면 최선을 다할 겁니다. 지금이라도 늦지 않았어요. 어떻게든 정규직으로 올라서야……."

고집은 참사를 부를 가능성이 크다.

석인의 저 고집은 분명 큰 사고를 불러일으킬 터.

하지만 생각보다 석인의 태도가 너무 완고하다.

이 고집을 꺾을 수 있는 방법은 2가지밖에 없다.

직접 완력으로 무리하게 말리거나.

아니면 말로써 해결한다.

민철이 선택할 수 있는 방법은 뻔하다.

'화술가라면 행동보다는 말이지.'

*　　　*　　　*

고집은 때로는 사고를 불러일으킨다.

특히나 지금과 같이 무거운 물통을 지고 산행을 강행하는 건 말 그대로 위험천만한 상황이라 할 수 있다.

지금 석인은 말 그대로 절벽을 향해 한 걸음, 그리고 한 걸음 내딛는 것과 다름이 없다.

정규직으로 전환되지 못할지도 모른다는 불안감에 사로잡혀 생을 마감하려는 어리석은 선택을 할지도 모른다.

그만큼 위험한 상황이기도 했다.

"석인 씨."

절벽을 향해 나아가는 한 명의 불행한 청년의 뒤에서 그의 동료가 나지막이 이름을 부른다.

"그쯤 하시죠."

"…무엇을 말입니까?"

"석인 씨도 잘 알고 있지 않습니까. 이 이상은 고집이라는 것을."

"역시 민철 씨는 아무것도 모르는군요."

석인의 발이 한 걸음 또다시 절벽에 가까워진다.

밑바닥이 보이지 않는 절벽.

여기서 떨어지면 말 그대로 추락사다.

"본사 채용이 확정되어 있기 때문에 민철 씨는 아마 저 같은 사람의 입장을 이해 못 할 겁니다."

"……"

"인턴이지만 민철 씨와 저는 신분 자체가 다르다고요. 전 언제 잘릴지 모르는 비정규직입니다. 저 하나 자른다고 해서 심곡점에 심대한 타격이 가해지는 것도 아니에요. 절 대신할 수 있는 사람은 길거리에 널려 있습니다. 청진그룹 심곡점이라고 한다면 누구나 다들 올 거예요. 다른 곳도 아닌 청진그룹이니까."

마침내 석인이 절벽 끝에 도달한다.

여기서 한 발자국만 내딛게 되면 그대로 사망이다.

아무도 구해줄 수 없다.

생과 사.

선택의 갈림길.

절벽 위에 서 있는 석인의 모습이 마치 실제인 마냥 이미지로 투영되는 민철이 나지막이 한숨을 내쉰다.

"석인 씨, 혹시 주식 해보신 적 있습니까?"

"주식… 이요?"

"네, 주식. 바닥을 기고 있는 주식은 언젠간 오를 겁니다. 그래서 사람들이 가격이 하향가일 때 많이 사두잖아요?"

"…그렇죠."

"그 주식은 더 이상 내려갈 곳이 없기 때문에 올라갈 일만 남아 있습니다. 회사가 부도가 나지 않거나 하지 않는 이상은 말이죠. 자, 여기서 이제 사람들이 예상한 대로 주가가 올라가기 시작합니다. 하향세를 타던 주식이 미약하게나마 점점 상승하게 되겠죠. 상승세라는 건 무섭습니다. 사람들의 입소문을 타기 시작하면서부터 그 상승 속도는 완만하던 기울기가 점점 가파른 기울기로 돌변하게 되죠."

"무슨 말을 하려는 건지 저는 잘……."

"여기서 그 주는 정점을 찍습니다. 최고치에 다다른 가격을 찍게 되죠. 자, 그럼 여기서 석인 씨는 어떻게 하겠습니까?"

"……."

천천히 발걸음을 옮기던 석인이 마지못해 답변을 내놓는다.

"되팔 겁니다."

"맞습니다. 이미 정점을 찍은 상태에서 그 주식을 보유하고 있어봤자 아무런 값어치가 없습니다. 내려갈 곳이 없으면 올라갈 일만 있듯, 올라갈 일이 없으면 내려갈 일만 남아 있으니까요."

"……."

"방금 휴식처에서 석인 씨는 지점장으로부터 어느 정도 인정을 받았습니다. 이미 정점을 찍었죠. 그런데 만약 여기서 무리한 산행을 감행한다면? 석인 씨 체력으로 정상에 다다를 수는 없습니다. 괜히 여기서 방전된 체력 때문에, 그리고 발목이 삐끗한 걸로 사고라도 벌어진다면 유석인이라는 이름의 주식은 다시 하향세로 돌입할 것입니다."

잠시 호흡을 고른 민철이 결과를 내놓는다.

"정점에 올랐을 때, 그리고 인정을 받았을 때 주식을 파세요. 그리고 이득을 얻으면 됩니다. 그 이상은 하향세일 뿐입니다."

"민철 씨……."

"여기서 물통을 끝까지 짊어지고 정상에 도달해 봤자 정규직으로 전환될 수 있다는 보장도 없습니다. 나머지는 업무 면에서 실적을 쌓아 올리면 됩니다. 괜히 사고가 발생해 워크숍 분위기가 엉망이 되는 것보다는 나은 거 아니겠습니까?"

사실 민철은 타인을 심도 있게 고려할 이유 따윈 없다.

석인의 일 역시 엄밀히 말하자면 타인의 일이다.

그러나 그가 이렇게 석인을 설득하는 이유는 직장 동료 간의 정도 있을뿐더러 괜히 워크숍의 분위기를 망치고 싶지 않기 때문이다.

즐겁게 온 여행길에 괜히 불행한 사고가 따르게 된다면 이 워크숍은 실패라고 불릴 수밖에 없다.

"정말로… 민철 씨 말만 들으면 진짜 인생의 모범 해답을 듣는 거 같다니까요."

결국 석인은 발걸음을 멈추고 손을 들어 윤 주임을 부른다.

"무슨 일이야, 석인 씨?"

"죄송합니다. 저… 더 이상은 힘들어서……."

"그래? 아, 괜찮아. 여기까지 온 것만으로도 잘한 거지. 수고했어."

윤 주임이 석인의 어깨를 토닥여 준다.

그는 현명하게 최고 정점에 올랐을 때 자신이 보유한 주식을 팔았다.

이제 남은 것은 이득을 보는 일뿐.

낭떠러지 바로 앞에서 좌절하던 청년 유석인이 다시 민철과 직장 동료들이 있는 안전 지역을 바라본다.

그리고 천천히 발걸음을 떼려는 순간이었다.

"휴우."

잠시 쉬기 위해 울타리 난관에 몸을 기대는 석인.

그게 실수였다.

우지끈!!

"어……?"

불길한 소리와 함께 갑자기 울타리 나무가 꽈직 소리와 함께 그대로 부러진 것이다!

"서, 석인 씨!!"

윤 주임이 놀라 손을 뻗지만, 그대로 석인의 몸이 가파른 산비탈길 위로 떨어지기 시작한다.

죽는다.

정말로 죽는다.

절벽 위에 있던 청년 유석인의 이미지가 현실로 벌어진 것이다!

"빌어먹을!"

욕지거리를 내뱉은 민철이 빠르게 마나를 순환시킨다.

"헤이스트(Haste), 스트랭스(Strength)!"

독백으로 시동어를 떠올린 민철의 몸이 급속도로 빨라진다.

비탈길 위로 떨어지기 직전, 민철이 득달같이 몸을 날리며 석인을 낚아챈다.

그러나 여기서 다시 올라갈 수는 없다.

떨어지는 일만 남았을 뿐!

"쳇……!"

석인의 허리를 오른팔로 두른 민철이 왼손을 바다 쪽으로 뻗는다.

"윈드 스톰(Wind storm)!"

강렬한 시동어와 함께 민철의 왼손에서 어마어마한 바람이 분사된다.

맹렬한 강풍이 마치 스펀지 역할을 하듯 민철과 석인을 휘감기 시작한다.

그와 동시에 안전하게 비탈길 위로 착지한 민철이 곧장 근처에 있던 나무 기둥을 왼손으로 낚아챈다.

"후우……."

실로 오랜만에 대량의 마법을 사용한 민철.

식은땀을 닦고 싶지만, 왼손은 밑으로 떨어지지 않게 나무

기둥을 붙잡고 있고 오른손은 석인을 잡고 있다.

성인 남성 한 명을 지탱한 채 비탈길에 비스듬히 버티고 서 있어야 하는 민철의 모습에 윤 주임이 빠르게 부하 직원들에게 외친다.

"119 불러! 빨리!!"

"민철 씨, 견딜 수 있겠어?! 조금만 힘내!! 곧 구조대가 올 테니까!!"

위에서 난리가 났지만, 민철은 그저 가볍게 한숨을 내쉴 뿐이었다.

어차피 스트랭스 버프 마법을 걸었기에 성인 남성 한 명을 한 손으로 지탱하는 건 일도 아니다.

나무가 부러지지 않는 한 꽤나 오랜 시간 동안은 버틸 수 있을 것이다.

"미, 민철 씨……."

오금이 저려 비명조차 내뱉지 못한 석인이 부들부들 떨리는 얼굴로 민철을 올려다본다.

워낙 정신이 없는 상황이라서 민철이 마법을 사용한 흔적조차 보지 못했다.

석인의 눈동자는 공포로 물들어 있었다.

"이제 아셨죠, 석인 씨?"

그러나 민철은 힘든 기색 없이 그저 미소로 석인을 바라본다.

"능력 밖의 일을 애써 무리하며 하다가 나중에 어떤 꼴을 보게 될지 말이에요."

"…고맙습니다, 민철 씨……!!"

석인의 눈에 뜨거운 눈물이 흘러내린다.

사람은 누구라도 절벽 앞에 설 수 있다.

누구라도 낭떠러지 앞에 설 수 있다.

그러나.

정작 뛰어내릴 용기는 지니고 있지 않다.

누구나 죽음이 두렵기 때문이다.

"조금만 태도를 달리해도 분명 석인 씨도 성공할 겁니다. 제가 보장하죠."

석인은 오늘, 민철에게서 너무나도 큰 은혜를 입고 말았다.

그와 동시에 석인에게는 평생 지니고 있을 맹세가 뇌리에 새겨진다.

이 사람만큼은 어떻게 해서든 돕겠다!

무슨 일이 있어도 민철의 편이 되어주겠다고 결심한다.

큰 사고로 이어질 뻔했지만, 그래도 인명 피해 없이 무사히 워크숍 일정을 마무리할 수 있었다.

그나마 다행인 점은 석인의 실수로 인해 사고가 발생했다기보다는 낡은 울타리의 관리 소홀로 인해 발생한 사고라는 인식이 강해 석인에 대한 이미지가 크게 추락하진 않았다.

물론 석인의 과실이 전혀 없다고는 말할 수 없었으나, 그래도 인명 피해가 없다는 점 덕에 작은 해프닝으로 분위기를 이끌어가게 된다.

그리고 다음 날 오전.

아침 식사를 마치고 드디어 워크숍을 끝낼 때가 되었다.

"모두들 수고 많았고, 집에 돌아가서 푹 쉬어. 내일 다시 출근해야 하니까."

서 과장의 말에 직원들이 기운차게 대답한다.

왔을 때와 동일하게 각자 타고 온 차량을 타고 집으로 돌아가기 시작한다.

민철의 차량에는 여전히 뒷좌석에 윤 주임과 석인, 그리고 옆자리에는 태희가 앉게 된다.

"그나저나 석인 씨, 괜찮아?"

윤 주임이 다시 한 번 어제의 일을 묻는다.

놀랐을 법도 한데, 석인은 오히려 그 사건을 겪고 난 이후에 마음가짐 자체가 달라졌다.

"예. 괜찮습니다. 이게 다 민철 씨 덕분이죠."

생사의 기로를 겪었던 탓일까.

석인의 눈동자는 예전에 비해 기합이 들어가 있었다.

"뭔가 달라진 거 같네, 석인 씨."

"이제부터 새로운 사람으로 태어나려고요. 민철 씨가 구해준 목숨, 소중하게 여기며 적극적으로 회사 일에 임하겠습니다!"

"하하, 그렇다면야 다행이지만."

과도한 의욕이 들어가 있는 석인을 제쳐 두고, 이번에는 민철에게 말을 건다.

"솔직히 놀랐어, 민철 씨. 그 상황에서 스스로 몸을 던질 줄이야."

"별거 아닙니다, 하하. 불의를 보면 참지 못하는 성격이거든요."

물론 이것도 거짓말이다.

민철은 사실 그다지 정의로운 인물이 아니다. 기회가 보이면 언제든지 거짓말을 통해 사기를 칠 수도 있는 달변가, 그가 바로 레이폰 더 데스사이드라고 할 수 있다.

그러나 레디너스에서 한때는 사기꾼이라 불리던 그라 하더라도 충분히 구할 수 있는 힘을 지니고 있으면서 일부러 사람의 죽음을 곁에서 지켜볼 만큼 악독한 악인까지는 아니다.

민철이 그때 활약하지 않았다면 석인은 그 자리에서 즉사했을지도 모른다.

물론 일반인이었다면 절대로 하지 말아야 할 행동이었지만, 민철은 자신이 익히고 있는 마법의 힘을 믿고 자신감 있게 행동에 옮긴 것이다.

"하지만 다음부터는 그런 무리한 행동은 자제하는 게 좋아. 알았어?"

"예, 알고 있습니다, 윤 주임님."

차량을 운전하던 민철이 새겨듣겠다는 식으로 대답한다.

반면, 남자들 간의 대화에서 주목받지 못하던 한 여성, 태희는 그저 한숨만 푹푹 내쉴 뿐이었다.

"태희 씨. 어디 몸이라도 안 좋으신 겁니까?"

민철이 슬쩍 태희에게 안부를 묻지만, 태희는 그저 창밖을 바라보며 건성으로 대답한다.

"…아무것도 아니에요."

모처럼 이번 워크숍을 통해서 민철에게 고백이라도 할까 생각했었는데, 등산 사건으로 인해서 그 일도 무용지물이 되어버렸다.

"하아……."

더더욱 짙어지는 그녀의 한숨에 윤 주임과 석인은 영문을 모르겠다는 표정으로 그녀를 바라볼 뿐이었다.

제3장

다시 뭉친 그들

워크숍의 효과 덕분일까.

요즘 들어 석인의 업무 태도가 180도 바뀌게 되었다는 것이 여실히 느껴지고 있었다.

"어서 오세요, 고객님!"

일단 목소리에 힘이 들어가기 시작했다.

매번 소극적인 목소리 탓에 윤 주임으로부터 늘상 지적을 받았던 것도 이제는 아무렇지도 않게 고치며 점점 심곡점 직원으로서 본보기를 갖춰가고 있었다.

"석인 씨가 워크숍 이후로 사람이 변한 거 같아."

휴게실에서 민철과 함께 커피를 마시던 서 과장이 만족스러운 웃음을 내비친다.

부하 직원의 성실도가 올라갈수록 상사의 기분이 좋아지는 건 당연한 일이라 할 수 있다.

"워크숍의 효과 덕분인지, 아니면 한번 위험천만한 사고를 겪어서 그런지 몰라도 일단 결과적으로는 나쁘지 않다고 생각해."

"저도 서 과장님 말씀에 동의합니다. 석인 씨는 점차적으로 나아질 겁니다. 어떻게 해서든 정규직이 되어야겠다는 일념 하나뿐이거든요."

"청진전자에 입사했다는 점만으로도 충분히 메리트가 되지. 쉽게 놓치고 싶지 않은 기회일 거야. 나도 대학교 졸업 이전에는 매장에서 인턴 생활을 하면서 죽어라 노력했었지. 그래서 석인 씨의 심정을 잘 알아. 비교당해도, 그리고 무시당해도 어떻게든 살아남겠다고 악바리로 버티는 그 심정. 겪어보지 못한 자는 알 수 없을 테지."

커피 한 잔을 기울이던 서 과장이 슬쩍 민철에게 시선을 돌린다.

"물론 나보다도 더한 심정으로 면접에 합격했을 민철 씨에게 이런 말을 해주는 건 별로 의미가 없겠지만."

"하하……."

"그나저나 조만간 민철 씨도 슬슬 여기 심곡점과 이별할 때가 다가오는 거 같던데."

"벌써 그런 시기가 되었습니까."

매장에서 실습 일을 배우는 기간은 2개월로 정해져 있다.

남은 1개월 동안은 연수를 다니면서 본사 업무에 적응하는 단계로 예정되어 있기에 민철도 심곡점을 떠날 준비를 슬슬 마쳐야 한다.

"여기서 배운 게 많은지 적은지는 모르겠지만 좋은 것만 보고 배워 가지 말고 직장이라는 게 어떤 것인지, 그리고 어떻게 생활해야 하는 것인지 충분히 잘 습득하고 가길 기원할게."

"감사합니다, 서 과장님."

"그것보다 이번 주에 본사에 한 번 들러야 한다고 했던가?"

"네. 오리엔테이션 개념이라고 생각하시면 될 듯합니다."

"흠… 그렇군."

심곡점 앞으로 이민철에 대해 본사 소집 명령을 담은 내용의 우편물이 도착해 있었다.

우편물의 내용을 확인해 본 민철은 오랜만에 면접 때 같이 치열했던 취업 전쟁을 치른 동료들과 재회할 수 있다는 생각에 약간의 기쁨을 느낀다.

그와 동시에 궁금증 또한 샘솟았다.

'다른 사람들은 잘해내고 있을까.'

비록 실습 교육을 배우는 단계지만 엄연히 업무 평가를 받는 과정이기에 업무를 게을리할 수 없다.

물론 이민철이야 지점장의 마음에 매우 쏙 들었고, 서 과장 역시도 민철의 영업 능력을 높게 평가하고 있다.

고객들도 민철이라고 하면 믿고 물품을 구입할 정도로 고정 단골손님도 늘었다.

"민철 씨는 영업부 지원하겠지?"

슬쩍 서 과장이 떠보는 식으로 묻는다.

연수 과정에서 본사에 채용된 신입 사원들은 자신이 희망하는 부서를 적어 제출해야 한다.

최대 3지망까지 지원할 수 있으며, 입사 단계부터 미리 부서를 정해놓지 않은 이유는 실습 과정을 통해서 자신에게 보다 더 적성에 맞는 부서를 찾아보라는 의미도 곁들여져 있다.

민철은 매장에서 직접 발로 뛰며 고객들을 일일이 상대해 좋은 실적을 거뒀기에 서 과장의 입장에서는 틀림없이 영업부에 지원할 거라고 생각을 하게 된다.

게다가 영업 1팀에는 황고수라는 뛰어난 인재가 배치되어 있다.

같은 소수대학교 출신의 황고수라면 충분히 민철을 잘 이끌어줄 수 있을 것이다.

그러나 민철의 입에서 나온 건 전혀 의외의 부서였다.

"홍보팀에 지원할까 생각합니다."

"홍보팀……?!"

"네."

"그야… 홍보팀을 나쁘다고 비하하는 건 아니지만, 민철 씨라면 오히려 영업팀이 더 어울리지 않아? 말도 잘하고, 무엇보다도 고객을 구슬리는 실력이 보통이 아니잖아. 재능을 살린다면 오히려 영업팀이 더 좋을 거 같은데."

"평생 홍보팀으로 가겠다는 건 아니고요. 나중에 부서 이동을 생각하고 있습니다."

"…과연. 그렇군."

서진구를 필두로 새로 창설될 부서.

아직까지는 그 윤곽이 제대로 드러나지 않았지만, 그 부서로 이동하기 전에 민철은 최대한 많은 부서에서 많은 일을 해보고 싶어 한다.

아는 것이 힘이다!

말을 잘하려면, 그만큼 많은 지식과 정보를 보유하고 있어야 한다.

상대방보다 압도적인 양의 지식과 정보, 그리고 경험은 말싸움에 있어서 가장 강력한 무기가 될 것이다.

"다양한 일을 경험해 보는 건 좋지. 그럼 1지망은 홍보팀이겠네. 2지망하고 3지망은?"

"2지망은 영업팀, 그리고 3지망은 인사팀으로 생각하고 있습니다."

"진짜 말 그대로 제각각이네. 젊었을 때 제대로 고생할 생각 하고 있구만. 하하."

민철이라면 어느 부서에 가서도 일을 잘할 것이다.

그렇게 믿어 의심치 않기에 서 과장은 민철의 어깨를 가볍게 토닥여 주는 것으로 말을 대신한다.

*　　*　　*

아침에 일찍 일어난 민철은 가볍게 하품을 하며 정장을 갖춰 입는다.

평상시라면 익숙하게 1호선 지하철을 타고 부천역으로 향했을 테지만, 오늘은 다르다.

"오빠, 오늘 본사 가신다면서요?"

어디서 그 소문을 들었는지 혜진이 슬쩍 전신 거울 앞에 서 있는 민철을 향해 묻는다.

"누구한테 들은 거냐, 그건."

"오빠에 관한 일이라면 전~부 꿰뚫고 있으니까요."

"설마 내 바로 근처에 스토커가 있을 줄은 몰랐는데."

"어머, 누가 들으면 오해하잖아요!"

장난스럽게 민철의 등을 때린 혜진이 앙탈을 부린다.

"그리고 보니 너도 이제 정식으로 소수점에서 일하게 되었다며?"

"아르바이트생 신분에서 벗어났어요. 이제 저도 정직원이라고요."

"축하한다."

"별말씀을요. 아, 그리고 지점장님도 본사로 가신다고 하던데요."

"그래?"

체린에게 들어서 미리 알고 있는 정보였지만, 민철은 짐짓 모른 척을 한다.

괜히 체린과의 관계를 혜진에게 들키고 싶지 않았기 때문이다.

"네. 그래서 얼마 전에 회식 자리에서 이별 파티 열었어요. 뭐… 본사로 간다 해도 매장 관리 업무는 계속하신다니까 저희 소수점에도 간혹 얼굴 비춰주실 거 같아요. 그것보다 오빠, 소식 들었어요?"

"무슨 소식?"

"수민이 오빠요. 이번에 출간한 두 번째 작품이 대박 쳐서 장르소설 판매 순위 5위 안에 들었대요!"

"오, 그래?"

역시 수민에게는 글 쓰는 재능이 있었다.

민철은 자신의 눈이 틀리지 않았음을 다시 한 번 확신하게 된다.

"조만간 민철 오빠가 본사 출근하기 전에 한번 뭉치자고 하더라고요."

"나야 좋지. 오랜만에 스터디 모임 한번 가지자."

"이제는 더 이상 스터디 모임이 아니라구요. 사회인 모임이에요, 사회인 모임."

혜진의 말 그대로 이들은 각자 자신이 머물러야 할 분야에 발을 내밀고 서서히 미래를 향해 나아가고 있는 중이다.

예전처럼 자주 만날 수도 없고, 점점 개인의 시간에 쫓겨 얼굴조차 보기 힘들어질 것이다.

그래도 어찌하랴.

앞으로 나아가기 위해서는 주변을 둘러볼 시간이 없다.

앞을 봐야 나아갈 수 있기 때문이다.

차를 운전하며 오랜만에 본사 건물에 다다른 민철이 주차 요원의 안내에 따라 차를 주차시킨다.

띠리링!

문자가 왔다는 소리와 함께 민철이 스마트폰을 꺼내본다.

그러자 익숙한 이름과 함께 문자 메시지가 시야에 들어온다.

―민철 씨, 저희 먼저 도착했습니다. 강당 들어가기 전에 휴게실 기억나시죠? 그쪽으로 오세요. 아직 시작하려면 멀었으니까 커피나 한잔합시다!

김대민이 보내온 문자에 민철은 쓴웃음을 지을 수밖에 없었다.

이 사람은 여전히 사람 만나는 걸 좋아하는 모양인가 보다.

본사 건물에 들어서자, 민철과 이제는 거의 아는 사이가 되다시피 한 안내원 아가씨가 빙그레 미소를 짓는다.

"어서 오세요, 민철 씨."

"안녕하세요. 자주 뵙네요."

"그러게요. 옷깃만 스쳐도 인연이라는데, 저희는 보통 인연이 아닌가 봐요. 호호."

구성진 농담을 들려준 안내원 여성이 손으로 어느 한 방향을 가리킨다.

"강당 가시는 거죠? 굳이 제가 안내 안 해드려도 민철 씨라면 충분히 아실 거 같은데요."

"물론이죠. 길치는 아니니까 혼자서도 잘 찾아갈 수 있습니다."

"어머, 그렇다면 다행이고요."

안내원 여성과의 짧은 만남을 뒤로하고 휴게실로 들어선 민철.

그러자 오랜만에 뭉친 이들이 반갑게 민철을 맞이해 준다.

"민철 씨! 하하! 반가워요!!"

대민이 민철을 강하게 포옹해 주며 인사한다.

덩치 큰 사내에게 안기는 듯한 기분은 그리 썩 좋지 않았지만, 그래도 그만큼 반갑다는 의사 표현이기에 민철도 마주 대민을 안아준다.

"얼굴이 확 피셨네요."

"대민 씨야말로요."

"하하, 저야 뭐 고생만 주구장창 했죠. 막노동만 하던 놈이 회사 일을 알 턱이 있나요."

근처에서 마주 커피 잔을 기울이던 영진도 민철에게 다가온다.

"실습 교육 받느라 수고 많았습니다."

"영진 씨도요. 할 만하던가요?"

"저야 뭐… 대민 씨랑 마찬가지로 고생 좀 했죠."

영진도 석인과 마찬가지로 공부만 하다가 처음 사회생활이라는 것을 해봤다.

직장 내에 눈치 싸움이라든지 센스 있는 플레이 등 분위기가 어떤 식으로 돌아가는지 전혀 알지 못하는 상황에서 실습을 치렀기에 처음에는 엄청난 난항을 겪었다.

"유일하게 민철 씨만 무난하게 실습 과정 잘 마친 거 같은

데요."

"저도 고생 많았어요, 하하. 그것보다 성진 씨는요? 강당에 있나요?"

성진의 행방을 묻는 민철의 말이 끝나자마자 성진이 뒤에서 민철의 어깨에 손을 올려놓는다.

"호랑이도 제 말 하면 온다는 말이 여기서 통용되네요. 잠시 화장실 갔다 왔습니다."

"이런, 전 그런 줄도 모르고."

여전히 깔끔한 복장에 차가운 인상을 풍기는 남성진이었지만, 그 역시 미소로 민철을 반긴다.

"심곡점에서는 민철 씨에 대한 평가가 아주 좋더군요."

"그렇습니까?"

"네. 어차피 제 아버지가 청진전자 부사장으로 일하고 있다는 건 다들 아시니까 말씀드리지만, 은연중에 민철 씨에 대한 평가가 궁금해서 자주 듣고 있었습니다."

"꽤나 부담스러운 관심이군요. 하하."

"그만큼 전 민철 씨를 라이벌로 생각하고 있으니까요."

다른 사람이 들으면 장난식으로 말하는 것처럼 들릴지 모르지만, 방금 그 말은 진심을 담아 한 말임에 틀림이 없다.

진실과 거짓을 구분할 줄 아는 민철 역시 성진의 말이 거짓이 아님을 금방 파악할 수 있었다.

"라이벌로 인정해 주시다니, 제가 몸 둘 바를 모르겠습니다. 성진 씨야말로 훨씬 우수한 인재분이신데."

"지나친 겸손은 오히려 악영향으로 작용할 수 있습니다, 민철 씨."

"명심하죠."

미묘한 경쟁 심리에 파지직 스파크가 튀길 정도였다.

두 사람의 가시 돋친 인사말을 구경만 하고 있던 대민이 분위기 반전을 위해 호쾌하게 웃으며 두 사람의 어깨에 손을 올린다.

"자자, 저희도 이제 들어가죠! 차 실장님 기다리게 하시면 또 잔소리 듣습니다!"

"그러죠. 아, 그리고 민철 씨. 혹시 소문 들으셨습니까?"

"무슨 소문 말입니까?"

성진이 별거 아니라는 듯이 가볍게 말한다.

그러나 민철에게는 결코 가볍게 넘길 만한 이야기가 아니었다.

"곧 있으면 심곡점이 문을 닫을지도 모른다는 소문이 돌더라고요."

*　　　*　　　*

성진의 말은 민철 입장에서 그냥 지나칠 수 없었다.

"무슨 뜻이지요?"

"말 그대로입니다. 청진전자의 모든 지점이 전부 매출이 높거나 잘 나오는 건 아닙니다. 매출이 나오지 않는 매장은 유지할 필요가 없죠. 물론 저도 심곡점이 없어지는 건 안타깝게 생각합니다만… 그래도 세상을 움직이는 건 정이 아니라 돈이잖아요?"

심곡점은 부천점이 생기기도 훨씬 전부터 위치한 나름 오랜 시간 동안 그 자리를 굳건하게 지킨 역사가 있다.

물론 지금에 와서야 부천점이라는 대량 지점이 생겼고, 부천역을 중심으로 다수의 라이벌 기업들이 매장을 하나둘씩 세우고 있는 실정이다.

그 상황에서 심곡점의 매출이 늘어갈 리가 없다.

지점장이 괜히 무리해서 서비스 센터를 도입한 게 아니다.

그도 그 나름대로 지금의 위기를 극복하기 위해 돌파구를 찾아보려 했던 것이다.

"어차피 민철 씨의 실적에는 큰 영향을 미치지 않을 테니 별로 신경 쓰지 않으셔도 될 거 같습니다."

"……"

어찌 보면 성진은 민철에게 안 좋은 소리를 하고 있는지도 모른다.

그러나 민철은 그렇게 생각하지 않았다.

"고맙습니다."

"…나쁜 말을 하는데 오히려 고맙다는 말을 하는군요."

"성진 씨 덕분에 심곡점의 현 상태를 알게 되었으니까요. 모르는 것보다 그래도 현실을 직시하며 냉정하게 심곡점의 상황을 말해주는 게 저로서는 도리어 감사할 따름입니다."

"……."

민철을 조롱하려고 했던 것일까.

아니면 정말 단순히 알려주고 싶은 마음이었을까.

민철로서는 성진의 의도를 정확하게 파악할 수 없었지만, 여하튼 성진의 말은 결코 마이너스가 아니다.

지금 당장은 모욕감을 느낄 수 있다.

비록 민철이 심곡점에서 평생 일하는 직원이 아니라 하더라도 자신이 속해 있던 지점이 없어질지도 모른다는 말은 결코 가볍게 흘려들을 수 없기 때문이다.

그러나 미래를 생각하면 성진의 이 정보는 매우 귀하고도 값지다. 민철은 지금 당장이 아닌 미래를 봤기에 성진에게 감사를 표한 것이다.

"역시."

남성진이 처음으로 민철에게 진실 어린 미소를 선보인다.

"당신은 뭔가 다르군요."

"그렇습니까?"

"지금까지 저는 진심으로 라이벌이라고 생각할 만한 사람이 없었습니다. 지금까지 그래왔고, 또한 앞으로도 없을 거라 확신했죠. 하지만 민철 씨를 만나고 나서 그 생각이 완전히 틀려먹었음을 깨달았습니다. 당신은 진정한 제 라이벌입니다."

일반인과는 다른 관점으로 생각을 주도하는 이민철.

그라면 충분히 남성진이 넘고 싶어 하는 벽이 되어줄 수 있다.

"심곡점의 위기가 부디 슬기롭게 극복되기를 기원하겠습니다."

"하하, 감사합니다."

두 사람은 서로가 서로를 인정하듯 미소를 띠며 손을 내밀어 악수했다.

마이크를 잡은 차 실장이 말을 끝낸 뒤 본사 인턴들에게 스케줄을 묻는다.

"다름이 아니고, 끝난 뒤에 회식이나 할까 합니다만."

"오오!"

인턴들이 환호를 내지른다.

얼마 뒤 이들은 실습하는 장소를 나와 본사로 배정될 예정이다.

오늘 모인 이유는 인턴들끼리의 친목을 도모하기 위함이 가장 큰 목적이다.

"같이 일하게 되었으니 서로 잘 지내자는 의미로 회식 자리를 가져 봅시다. 회식비는 물론 회사 경비로 지출될 예정이니 신경 쓰지 말기를."

"감사합니다, 차 실장님!"

"허허, 그럼 이동합시다. 윤 대리!"

"예, 실장님."

젊은 남성 한 명이 강당 입구에서 인턴들을 안내한다.

자리잡은 곳은 인근 술집.

먼저 술잔을 든 대민이 역시 예상대로 분위기를 띄우기 시작한다.

"그럼 우리의 밝은 회사 생활을 위하여, 건배!!"

"건배!!"

대민의 선창에 모두가 기분 좋게 잔을 기울인다.

차 실장과 윤 대리도 같이 인턴들과 어울리며 직장 생활에 대해 궁금한 점, 기타 청진그룹의 방향성과 바라는 인재상 등을 이야기해 준다.

특히나 이번이 첫 직장인 영진을 포함해서 다수의 지원자들은 차 실장의 귀에 더더욱 귀를 기울인다.

그렇게 사적인 목적과 더불어 업무적인 목적이 뒤섞인 회식 자리를 마치고 난 뒤, 각자 집으로 돌아가기 위해 모두들 해산하기 시작한다.

"민철 씨, 그럼 연수 때 또 봅시다!"

"예. 대민 씨하고 영진 씨도 잘 들어가세요."

"그럼 먼저 가보겠습니다."

대민과 영진을 보낸 뒤 민철은 스마트폰을 꺼낸다.

대리 기사를 부를까 하다가 이내 고개를 저은 민철은 생각을 달리 먹는다.

체내 알코올 농도를 중화시키면 음주 측정을 해도 정상 수치가 나온다.

굳이 대리 기사를 부를 필요도 없이 본인이 운전을 하면 될 거라 생각한 민철이 차가 주차되어 있는 주차장으로 발걸음을 옮긴다.

바로 그때였다.

"하아……."

전혀 예상치 못한 인물이 한숨을 내쉬면서 주차장에 들어선다.

"지점장님?"

"어, 민철이잖아. 여긴 무슨 일인가?"

심곡점 지점장이 축 늘어진 어깨와 함께 본사 주차장에 모습을 드러낸 것이다.

"저야 오늘 본사 인턴들 모임이 있어서 왔습니다만……."

"아, 그랬었지. 오늘이었구만."

"지점장님은 무슨 일로 오셨습니까?"

"아, 아무것도 아닐세. 그것보다 집에 가는 길인가?"

"예."

"잘됐군. 근처에서 술이나 한잔할까?"

최근 사적인 자리에서 술을 자제하고 있던 지점장이 민철에게 술을 권유한다.

그 말을 통해 민철은 본능적으로 눈치챌 수 있었다.

'심곡점 처우에 관한 이야기 때문인가.'

속으로 그렇게 확신한 민철이 고개를 끄덕이며 말한다.

"근처 가게로 안내해 드리겠습니다."

20—30대에게 대 호평을 받고 있는 고깃집 체인점 '돈냥'에 도착한 민철은 지점장과 함께 근처 자리에 들어선다.

종업원의 안내에 따라 테이블에 마주 앉은 지점장이 대뜸 술부터 주문한다.

"여기 '처음같이' 3병 주소."

"알겠습니다."

처음부터 소주 3병이라니.

속으로 혀를 찬 민철이었으나 이내 평정심을 되찾으며 뒤이어 주문한다.

"삼겹살 2인분 주세요."

"밥도 드릴까요?"

"지점장님, 식사는 괜찮습니까?"

종업원의 질문을 선회시켜 지점장에게 돌린다.

그러나 지점장은 손을 절레절레 흔들 뿐이었다.

"술 마시는데 안주만 있으면 되지 않겠나."

"그렇군요."

머지않아 고기와 술이 테이블에 차려진다.

익숙한 솜씨로 불판에 삼겹살을 굽기 시작하는 민철.

지점장은 자연스럽게 술잔을 들며 그대로 원샷을 한다.

"캬아… 오늘따라 술맛이 쓰구만."

"무슨 일 있으셨습니까, 지점장님?"

"그렇게 보이나?"

"예, 평소보다 안색이 많이 안 좋아 보이십니다."

지점장의 대답은 이미 예상하고 있지만, 괜히 여기서 아는 척을 해봤자 민철에게는 득이 없다는 걸 잘 알기에 짐짓 모른 척을 한다.

아는 것이 힘이라 하지만, 그 힘을 유용하게 사용할 줄 알아야 진정으로 슬기로운 자라 할 수 있다.

"심곡점이 없어질지도 모르네."

"…정말입니까?"

"그래. 어차피 민철이 너와는 별로 관계없을 이야기니까 말

하지만, 직원들에게는 어떤 심정으로 말해야 좋을지 모르겠구
만. 이제 막 온 서 과장은 둘째 치고 그동안 일해온 직원들은
어찌해야 좋을지……."

"심곡점이 문을 닫게 되면 사원들은 어떻게 되는 겁니까?"

"다른 매장으로 인사이동이 되거나 아니면 잘리거나. 둘 중
에 하나겠지."

"지점장님은……."

"나? 내가 갈 자리가 어디 있겠는가!!"

쾅!

잔을 거칠게 내려놓은 지점장이 살짝 언성을 높인다.

지점장은 특출 나게 업무 능력이 좋은 사람이 아니다.

본사 임원으로 갈 자리도 없을뿐더러, 갈 수 있는 능력도 없
다.

본사는 선택받은 자만이 갈 수 있다고 불리는 신의 직장이
다.

그곳에 지점장이 갈 수 있을 확률은 극히 드물다.

"심곡점과 운명을 같이하거나 그러겠지… 히끅!"

딸꾹질을 시작한 지점장이 또다시 술잔을 기울인다.

매사에 열정적이지는 않지만 원만한 대인관계로 그동안 심
곡점의 중심이 되어온 지점장.

언제나 현장 분위기를 밝게 해주는 윤 주임.

이제 막 정규직 전환을 위해 노력하는 석인.

우수한 업무 능력을 보여주는 서 과장.

그리고 경리인 태희를 비롯하여 수리 업무를 맡고 있는 근성 등 이미 민철에게는 하나의 작은 식구와도 다름이 없었다. 물론 지점장의 말 그대로 민철은 전혀 관계가 없을지도 모른다.

그는 본사에 들어가 버리면 그만이니까.

하지만······.

'뒤끝이 찝찝한 건 내 성향에 맞지 않아.'

이 세계에 와서 첫 직장이라 할 수 있는 심곡점이 없어진다는 건 민철로서는 그다지 기분 좋은 일이 아님에는 틀림이 없다.

받은 게 있으면 베풀 줄 알아야 한다.

그게 바로 사람의 도리이거늘.

그리고 베푼 만큼 언젠가는 은혜라는 이름으로 자신에게 되돌아온다.

"해결해야지요."

"···뭐······?"

이미 정신이 반쯤 나간 지점장의 제대로 다뤄지지 않는 혀가 꼬인 소리를 낸다.

그러나 민철은 멀쩡한 정신을 유지하며 지점장에게 다짐하듯 다시 한 번 말한다.

"심곡점에는 신세진 게 많습니다. 이번에는 제가 여러분들에게 보답을 해드릴 차례겠군요."

"……"

쿵!

그대로 테이블에 이마를 찧은 지점장.

정신을 잃은 채 꼬꾸라진 그였으나 민철은 평정심을 잃지 않는다.

'어디 보자……'

머리를 굴려보자.

심곡점을 다시 되살릴 수 있는 방법을.

평범한 방법으로는 안 된다.

심곡점의 가장 큰 단점은 바로 매출이 안 나온다는 점이다.

지점 유지비가 더 나오는 상황에서 매장 관리 부서 입장에서는 당연히 심곡점을 그대로 놔둘 리가 없다.

가장 간편한 방법은 매출을 끌어 올리면 된다.

하지만 그게 결코 장기간이 되어서는 안 된다.

단기간 내에 어느 매장보다도 최고의 매출을 달성시켜야 한다.

현실적으로는 불가능한 일일지도 모르지만, 민철은 그걸 가능하게 만들어야 한다.

그게 민철이 심곡 지점 가족들에게 줄 수 있는 마지막 선물이 될 것이다.

"여기요."

종업원을 부른 민철.

남자 직원이 그의 부름에 발걸음을 옮긴다.

"계산하시겠습니까?"

"아니요. 여기 지점이 오픈한 지 얼마나 됐죠?"

"대략… 1개월 정도 되었을까요?"

"꽤나 최근이군요."

가게 주변을 둘러보기 시작하는 민철.

이윽고 달력을 바라본다.

이제 슬슬 여름 시즌이 다가올 시기임을 재차 확인한 민철
이 고개를 끄덕인다.

"계산하겠습니다."

만족할 만한 결과를 얻은 민철은 지점장을 부축하며 자리
에서 일어선다.

심곡점이 없어질지도 모른다.

그 소문은 이미 지점 내에 파다하게 돌고 있었다.

매장이 문을 닫을지도 모른다는 소문이 돌면 자연스레 직
원들의 사기도 떨어지는 법이다.

"진짜로 우리 매장, 없어지는 건가?"

윤 주임의 중얼거림에 석인과 대한도 불안한 듯 서로를 바라본다.

이들은 이제 인턴 막바지에 이르는 신분이다.

겨우 채용을 위해 한 걸음 올라왔다 싶더니, 이제 와서 매장이 문을 닫다니.

"미리 포기하기에는 아직 좀 이르지 않을까요?"

매장에 있던 모두가 민철의 큰 목소리에 시선을 돌린다.

그곳에는 기합이 잔뜩 들어간 민철이 굳은 결의를 담은 눈동자로 매장 직원들을 바라보고 있었다.

"생존 게임은 지금부터입니다."

"생존 게임?"

"예. 그리고 두말할 필요도 없이 저희는 그 게임의 승자가 될 겁니다. 왜냐하면 이미 승리로 향하는 키워드가 제 손에 쥐어져 있으니까요."

민철은 이미 승부수를 던졌다.

이제 남은 것은.

이들이 얼마나 잘 쫓아올 수 있느냐에 따라 달렸다.

제4장

심곡점을 떠나다

심곡점은 현재 비상사태라고 할 수 있었다.

최근 심곡점 내부에서 매장이 문을 닫을 수도 있다는 소문
이 돌고 있어 이들은 더더욱 그 위기감을 절실하게 느끼고 있
었다.

불안한 직장은 직원들의 생계를 책임지지 못한다.

"…죄송합니다, 서 과장님."

서 과장은 남자 직원 2명이 건넨 봉투를 보며 고개를 절레
절레 흔든다.

"미안할 게 뭐가 있겠나. 하지만 너무 시기상조라는 생각이

드는데."

"전 곧 결혼도 해야 하는 입장입니다. 불안한 직장을 계속 다니는 건 좀 그래서요."

"어디 정해놓은 곳이라도 있나?"

"사실… 미리 면접을 봐둔 곳이 있습니다. 생산직이긴 하지만 당분간 거기서 일할까 생각 중이에요. 이 친구도 같이요."

"그렇군……."

봉투 위에 적혀 있는 '사직서' 라는 세 글자가 서 과장의 마음을 더더욱 아프게 만든다.

심곡점의 폐장 위기는 이미 소문이 아닌 사실로 드러나기 시작했다.

지점장도 직원들을 불러 모아 매장이 문을 닫을지도 모르기 때문에 최대한 열심히 직원들과 노력해 이 위기를 극복하자는 말도 했었다.

그러나 모두가 다 힘을 낼 수 있는 여력이 되는 건 아니다.

"짧은 기간이었지만… 그동안 정말 감사했습니다."

"아니야. 나야말로 챙겨주지 못해서 미안하군."

고개를 떨구는 두 젊은 친구에게 서 과장이 할 수 있는 건 '미안하다' 라는 말뿐이었다.

서 과장 본인도 사실 다른 지점으로 인사이동 명령이 발령되었다.

이미 본사 내부에서는 심곡점의 폐장이 기정사실로 인정되고 있었다는 증거일지도 모른다.

탁월한 업무 능력을 인정받은 서 과장이었기에 별도로 또다시 인사이동을 명받았지만, 과연 지점장은 어떻게 될까.

그리고 다른 직원들은?

서 과장을 심곡점에 배치함으로 인해 조금이라도 매출을 끌어 올리자라는 본사의 의도가 보였지만, 그러기에는 너무 기간이 짧았다.

'내가 조금만 더 힘을 냈어도……'

무의식적으로 죄책감마저 들기 시작한 서 과장이었으나, 매장 근처에서 들려오는 큰 목소리에 문득 귀를 기울인다.

"이건……"

서 과장의 중얼거림에 태희가 빙그레 웃으며 대답한다.

"민철 씨가 교육하는 소리예요."

"그게 무슨 소리지?"

"심곡점이 문을 닫을지도 모르잖아요? 그래서 영업팀은 민철 씨에게 손님을 다루는 법이라든지 말 잘하는 방법 등을 교육받기로 했어요."

"흐음."

이제 막 인턴 2개월째를 통과하기 시작한 민철이었으나 영업 실적은 매장 내에서 단연 톱을 달리고 있었다.

고작 심곡점에 들어온 지 2개월밖에 안 된 신입 사원이 실적 톱이라는 건 그만큼 그의 실력을 인정하는 증거가 아닐까 싶다.

윤 주임을 포함해 기타 직장 선배들도 민철의 이런 능력을 인정하고 스스로 고개를 숙여 민철의 밑으로 들어가기로 했다.

선배고 경력자고 뭐고 자존심을 내세울 시간이 없다.

배울 수 있으면 배우고, 배울 시간이 있으면 조금이라도 쪼개서 배운다!

지금 그게 심곡점 매장 직원들의 마인드였다.

"사람 하나가 다수의 민중들을 바꾼다는 말이 틀리지 않군."

세간에는 그 사람을 통틀어 '위인' 이라 부른다.

과연.

민철은 위인이라 불릴 수 있을 만한 기적을 만들어낼 것인지 서 과장 또한 지켜보고 싶은 심정이었다.

"목소리에 힘을 싣습니다. 단순히 목소리를 크게 한다는 의미가 아니라 똑바로, 정확한 발음이 고객에게 신뢰감을 더해 줍니다. 말을 더듬는 이보다 말을 유창하게 잘 내뱉는 이가 더더욱 믿음이 가는 건 당연하니까요."

점심시간을 이용해 민철의 막간 화술 강의가 펼쳐진다.

화이트보드를 이용해 강의를 시작한 민철의 말을 그대로 받아 적기 시작하는 영업팀 일원들.

윤 주임도 직책을 가진 선배라는 고정관념을 버리고 제대로 민철의 말에 귀를 기울인다.

지나가면서 민철의 모습을 지켜본 지점장은 흐뭇해하면서도 한편으로는 저렇게 노력하는 민철을 향해 오히려 미안한 마음이 들기도 했다.

사실 민철에게는 그다지 심곡점의 위기가 상관없을지도 모른다.

그는 본사 채용에 합격한 인재 중에서도 인재다. 실습 기간이 끝나면 곧장 본사로 가버리면 그만이다.

아마 남성진이라면 그렇게 했을 터.

하지만 민철은 지금 당장의 이익을 보지 않는다.

미래의 이익을 본다.

지금 당장은 힘없는 심곡점일지도 몰라도, 심곡점에서 민철의 은덕을 입은 이들이 나중에 어떤 식으로 다시 민철의 힘이 되어줄지 알 수 없다.

미래란 누구도 짐작할 수 없기 때문이다.

"후우."

가볍게 한숨을 내쉬고 자리로 돌아온 민철에게 지점장이

미리 뽑아온 커피 한 캔을 내민다.

"수고했네."

"감사합니다, 지점장님."

"그래, 자네 덕분에 오랜만에 매장에 활기가 도는 거 같아. 사실 폐장 소식 때문에 불안한 감도 있었는데……."

물론 지점장은 민철의 이런 화술 교육만으로 매출이 단기간 내에 크게 오를 거라 기대하진 않는다.

장기간으로 봤을 때는 효과적일지 모르지만 말이다.

지점장도 거의 포기하는 듯한 달관의 시선으로 민철을 바라본다.

"자네와 함께 일했다는 것에 대해 평생 좋은 기억으로 간직하겠네."

"이런… 지점장님께서는 아주 중요한 일을 해주셔야 하는데, 벌써 그렇게 끝맺음을 맺는 듯한 말씀은 조금 이르십니다."

"중요한 일?"

"예. 곧 알게 되실 겁니다."

민철이 무슨 말을 하는지 영문을 모르겠다는 표정을 지어 보이는 지점장이었으나, 민철은 끝까지 말을 아낄 뿐이었다.

업무를 마치고 제법 늦은 시각에 윤 주임과 석인, 그리고 대한은 예상치 못한 민철의 제의를 받게 된다.

"술이나 마시러 가죠."

"술이라니… 진심으로 하는 말이야?"

"네. 오늘은 제가 사겠습니다."

민철이 주도적으로 술자리를 주최하다니.

별일이라는 식으로 쳐다보던 영업팀 사이로 제3의 인물이 등장한다.

"저도 껴주세요!"

경리인 태희가 손을 번쩍 들며 이들에게 다가온다.

남자들끼리 술자리가 진행될 예정이었지만, 태희의 갑작스러운 난입에 본의 아니게 홍일점이 참가하게 되었다.

다른 인원들도 태희의 참가에 별다른 불만을 표시하지 않았기에 이들은 발걸음을 옮겨 술 한잔을 기울일 장소로 향하게 된다.

민철이 이들을 데리고 간 곳은 바로 '돈냥'이었다.

"어서 오세요."

가게로 들어서자 종업원이 안내해 주기 시작한다.

그러나 그때, 민철이 종업원을 만류하며 말을 꺼낸다.

"먼저 온 손님이 있을 겁니다. 그 자리로 안내해 주세요."

"아……! 예, 알겠습니다."

민철의 말에 모두가 귀를 기울이며 의아함을 표시한다.

먼저 온 손님이라니?

매장 직원은 아닐 터였다. 왜냐하면 이들도 퇴근하자마자 바로 이곳으로 왔으니까 말이다.

그리고 매장 직원이라면 굳이 먼저 혼자 와서 자리를 잡아 둘 필요 없이 이들과 같이 오면 되지 않겠나. 굳이 혼자 올 필요는 없다.

드르륵.

방 한 쪽으로 안내된 이들의 눈앞에 아리따운 여성이 먼저 자리를 잡은 채 인사를 건넨다.

"오랜만이에요. 그리고 처음 뵙는 분도 계시네요. 이체린이 라고 합니다."

설마 민철의 여자친구가 미리 도착해 있을 줄이야.

전혀 예상치 못하게 눈치를 보기 시작한 윤 주임과 석인이 체린과 태희 사이를 번갈아 본다.

당연한 말이지만, 민철의 옆에는 체린이 자연스럽게 자리를 잡고 있었다.

맞은편에는 태희, 그리고 옆자리에 강대한과 석인.

민철의 왼편에는 윤 주임이 자리를 잡은 채 어색해져 버린 술자리의 분위기를 원망하기 시작한다.

'민철 씨, 왜 체린 씨를 데리고 온 거야!!'

'다 이유가 있어서입니다.'

도저히 민철의 의도를 종잡을 수 없는 윤 주임이었기에 아무 말 없이 그저 소주를 들이켠다.

반면, 채린을 뚫어져라 노려보던 태희가 다시 한 번 확인받듯 묻는다.

"그러니까… 여자친구분이시라고요?"

"네."

"그, 그렇군요. 그… 민철 씨랑은 대학교 동기세요?"

"어머, 그렇게 봐주시니 고마워요."

말은 그렇게 하지만 태희는 본능적으로 채린의 나이를 짐작할 수 있었다.

20대가 가지기 어려운 아우라를 풍기고 있다. 사회인으로서의 느낌이 물씬 나는 걸로 보아서는 아마 30살을 기준으로 한 살 정도 안팎이지 않을까 싶다.

그래도 풍기는 아우라와는 다르게 실제로 젊어 보이는 건 사실이었다.

지나가는 식으로 채린과 마주쳤다면, 태희도 '예쁜 사람이다' 라는 탄성을 자아낼 정도였으니까 말이다.

윤 주임과 석인은 민철에게 여자친구가 있다는 사실을 알아차린 덕분에 괜히 이 자리를 망치는 게 아닐까 싶었지만.

"앞으로 잘 지내봐요. 아, 언니라고 불러도 돼요?"

"친하게 대해준다면 저야 고맙죠."

오히려 악수를 먼저 건네는 게 아닌가.

그러나 여자의 적은 여자라는 말이 있듯이, 체린도 본능적으로 태희가 민철에게 관심이 있음을 깨달으면서 동시에 저 미소가 가식이라는 걸 알아차린다.

태희가 먼저 우호적인 태도를 취한 이유는 별거 없었다.

'내가 더 젊으니까.'

젊음으로 승부(?)를 보겠다는 태희의 의도였다.

골키퍼 있다고 골 안 들어가겠는가.

충분히 민철을 빼앗을 수 있다고 자부하는 태희였기에 이렇게 먼저 웃음을 띠며 악수를 청할 수 있었던 것이다.

그렇게 한창 예상외로 평화로운(?) 술자리가 이어질 무렵이었다.

"민철 씨, 슬슬 시간이야."

"…그렇군."

체린의 작은 속삭임에 민철이 고개를 끄덕인다.

"시간 차를 두고 나와."

"알았어."

체린에게 그렇게 명한 민철이 먼저 자리에서 일어선다.

"잠시 통화 좀 하고 오겠습니다."

"아, 저도 같이……."

기회를 틈타 태희도 자리에서 일어서려 했지만, 체린이 재빠르게 그녀의 행동을 만류한다.

"태희 씨, 제 술도 받으셔야죠."

"네?! 아… 네……."

순간 당황한 태희가 다시 자리에 앉으며 무의식적으로 체린의 술잔을 받는다.

체린에게 눈빛으로 감사를 표한 민철이 가게 입구로 나서기 시작한다.

밤하늘을 올려다보며 차가운 공기를 마주하는 동안, 민철은 얼마 전 체린과 나눴던 대화를 떠올린다.

"으음……."

카페 안에서 민철이 건넨 명함을 받아 들고 고민하기 시작하던 체린이 긴 머리카락을 쓸어내리며 말한다.

"그러니까, 내가 돈냥 대표와 민철 씨를 직접 연결시켜 줄 수 있는지 묻는 거야?"

"그런 셈이지."

"나라고 업계 인사 전부를 다 알지는 못해. 게다가 돈냥은 카페도 아니잖아? 고깃집 체인점 사장과 나 사이에 접점이 있을 거라 생각해?"

"혹시나 해서 물어본 거야. 만약 있으면 좋고, 없으면 그만이고."

"뭐… 민철 씨가 무슨 생각을 하고 있는지는 나도 모르겠지만……."

말을 아끼던 체린이 커피 한 모금을 들이켠다.

나이는 체린이 더 많지만, 가끔은 본인보다 어른스러운 민철을 볼 때마다 새삼 존경심마저 드는 경우가 더러 있다.

그리고 지금도 마찬가지였다.

"네가 나와 같이 돈냥 대표를 만났으면 하는데."

"같이 만나달라니. 무슨 뜻이야? 접점이 없다고 말했잖아."

"간단한 원리야. 일개 인턴에 불과한 내가 돈냥 사장과 만난다고 해봤자 이야기가 제대로 성사될 리가 없잖아. 그래서 그 위치를 동등하게 만들기 위해선 네 존재가 필요해."

서진구 사장 대리 때와 같은 이치였다.

협상이라는 자리에선 서로가 동등한 위치에 올라서야 원만한 협상이 진행된다.

인턴에 불과한 민철이 제아무리 입을 놀려봤자 돈냥 대표의 마음을 움직일 수는 없을 것이다.

비록 대표의 사모님에게 좋은 점수를 땄다 하더라도 그건 어디까지나 별개의 일, 사업적인 관계와는 무관하다.

그렇기 때문에 이번에 민철이 생각한 장치는 바로 체린의 참석이었다.

"카페 머메이드와 돈냥. 서로가 세력을 무섭게 확장해 가는 신흥 강자라고 할 수 있지. 업계에서 서로 알아두는 건 결코 손해가 아닐 거야. 돈냥 사장도 그렇고, 또한 너도 그렇고."

"머메이드 대표 관계자 정도는 되어야 돈냥 사장과 대등하게 이야기를 나눌 수 있다는 뜻이야?"

"적어도 내 생각에는 그래."

"…민철 씨."

그가 어떤 의도로 자신을 그 자리에 참석하게끔 만들려고 하는지는 알게 되었다.

그러나 정말 궁금한 건 따로 있었다.

"도대체 돈냥 사장과 만나서 무슨 이야기를 하려는 거야?"

체린의 물음에도 불구하고 민철은 그저 빙그레 웃으며 텅 빈 잔을 가리킬 뿐이었다.

"하던 데이트나 마저 하러 갈까."

*　　　*　　　*

가게 바깥에서 잠시 기다리던 민철.

그의 뒤에서 가게 문을 열고 작게 한숨을 내쉬며 모습을 드러낸 체린이 민철에게 말을 걸어온다.

"아직 안 오셨어?"

"그런가 봐."

"예정대로라면… 이 시간쯤에 오신다고 들었는데."

사실 이들은 따로 돈냥 사장과 약속 시간을 잡은 건 아니다.

오히려 반대로 말하자면, 돈냥 사장은 이들이 본인을 만나고 싶어 하는지조차도 모를 것이다.

체린은 민철에게 돈냥 사장이 심곡 지점 근처 체인점 가게에 모습을 드러내는 시간을 대략적으로 알아낸 뒤 그에게 알려줬다.

돈냥은 아직까지 체인점이 몇 개 되지 않기에 직접 사장이 가게를 돌아다니면서 가게의 상태를 두 눈으로 확인한다는 정보를 입수하자마자 곧장 방문 시간부터 알아낸 것이다.

돈냥의 체인점이 전국구로 확산 중이지만, 완공되고 가게가 활성화된 체인점의 숫자는 그리 많지 않다.

아마 전반기가 지나고 나면서부터 폭풍적으로 체인점이 늘면서 고깃집 사업 분야가 차지하는 비중이 기하급수적으로 늘 것이다.

그 시기가 바로 여름.

여름이 다가오는 시기에 한꺼번에 완공되는 수많은 체인점의 숫자에 민철이 주목을 한 것이다.

"어이쿠, 실례합니다."

가게 앞치마를 두르고 숯을 든 채 바깥으로 나오는 한 중년 남성.

숯 덕분에 얼굴은 여기저기 시커멓게 그을린 잔해가 남아 있었다.

어디서나 흔하게 볼 수 있는 아저씨의 모습이었다. 누가 보면 가게에서 주방 아르바이트 일을 하고 있는 게 아닐까 싶지만……

"안녕하세요, 주오석 대표님 맞으시죠?"

난데없이 민철이 고개를 숙이면서 평범해 보이는 아저씨에게 대뜸 인사하는 게 아닌가.

이제 막 가게 바깥을 나와 다른 곳으로 향하려던 손님들이 민철의 말에 두 눈을 동그랗게 뜬다.

어디에서나 흔하게 볼 수 있는 이웃집 아저씨 같은 사람이 돈냥 대표라니.

게다가 그 대표가 직접 숯을 들고 가게에서 막일을 하고 있다는 사실에 더더욱 놀라움을 표출한다.

"실례지만 손님은 누구신지……?"

오석이 민철을 응시하며 묻는다.

그러자 민철이 자연스럽게 오석의 아내에게 받은 소개 명함을 내밀며 자신의 이름을 알린다.

"안녕하세요. 얼마 전에 사모님으로부터 명함을 건네받았던 이민철이라고 합니다."

"이민철이라… 오호, 그 젊은이구만! 허허, 생각보다 훤칠하네."

"연락 달라고 말씀하셨던 걸 잠시 잊고 있었습니다. 죄송합니다."

"아니야. 그것 때문에 혹시 일부러 찾아온 건가?"

"그것도 있고, 그리고 별도로 드릴 말씀도 있어서 찾아왔습니다."

"그렇군. 설마 1번 방에서 시끌벅적하게 술자리를 즐기던 젊은이들이 심곡점 직원들일 줄은 생각도 못 했구만."

민철과 체린이 예상한 것보다 꽤나 전부터 이 체인점에 있었던 모양인지 이들의 일행까지 파악하고 있던 오석의 한마디였다.

"자자, 가게 안으로 들어가세. 할 이야기가 있다면 들어줘야지. 우리 아내가 자네에게 민폐도 많이 끼쳤으니까."

"하하, 아닙니다."

오석의 안내를 받아 근처 비는 테이블에 아무렇지도 않게 자리를 잡은 이들.

누가 보면 아버지를 데리고 온 평범한 가장의 모습으로밖에 보이지 않을지도 모르지만, 이들의 스펙은 면밀히 따지고 보면 실로 굉장하다 할 수 있을 것이다.

"옆의 아리따운 처자는 여자친구인가?"

중요한 이야기가 될 거라 예상했던 오석이었기에 이 자리에 자연스럽게 여자친구가 끼어든 원인에 대해 묻는다.

업무 관련 자리에 관계없는 인물이 끼어드는 것을 그다지 좋게 생각하지 않는 타입인가 보다.

체린도 재빠르게 오석의 성향을 눈치채고 말을 이어간다.

"카페 머메이드 대표의 딸이자 현재 본사에서 매장 관리 업무를 담당하고 있는 이체린이라고 해요."

"머메이드 대표의 따님이라고⋯⋯?!"

제법 놀란 눈치로 체린을 뚫어져라 응시한다.

그러자 체린이 자연스럽게 자신의 명함을 내민다.

"네, 보기와는 안 어울리게 말이죠."

"허허⋯ 난 또 무슨 패션모델인 줄 알았는데. 너무 예뻐서 말이야."

"어머, 감사합니다."

살짝 목례를 하며 예를 갖춘다.

체린은 이 협상 테이블에서 자신의 역할이 무엇인지 명확하게 알고 있다.

바로 민철의 서포터다.

최전방에 우뚝 선 민철을 뒤에서 서포터해 주는 게 바로 체린의 역할이다. 다르게 표현하자면 내조가 될 수도 있다.

"대단한 여성분을 여자친구로 두고 있구만. 역시 청진그룹 본사 인재는 뭐가 달라도 달라."

"감사합니다."

"그래… 날 찾아온 이유가 뭐지? 설마 우리 쪽으로 취업을 희망한다는 이야기는 아닐 테고."

"받아주실 생각이 있으십니까?"

"물론이지! 자네 같은 젊은이는 찾아보기 힘들어. 게다가 머메이드 대표의 따님을 여자친구로 두고 있다면… 나야말로 오히려 부탁하고 싶은 심정이군."

몇 마디 대화를 나누는 순간 민철은 오석을 면밀하게 분석한다.

들리는 말에 의하면 사장 자리에 앉아 있음에도 불구하고 막일을 마다하지 않고 직접 자신의 손으로 체인점 하나하나를 일일이 다 관리하는 부지런한 사람이라고 들었다.

실제로도 숯을 직접 들고 다니는 걸 보면 정말 자신이 좋아서 이 사업에 뛰어든 사람처럼 보인다.

그러나 그 부지런한 면모 속에도 숨겨진 비수가 존재한다.

'야심가… 로군.'

선하게 생긴 인상 뒤에는 매서울 정도로 엄청난 야망이 숨겨져 있다.

본래 착한 사람이 성을 내면 더 무섭다는 말이 있다.

민철은 본능적으로 이 사람이 야심가임을 단박에 눈치챌

수 있었다.

"그래도 이제 막 입사한 회사니까요. 금방 관두거나 그럴 수는 없을 거 같습니다. 죄송합니다."

"아니야, 아니야. 나도 농담으로 한 걸세. 그나저나 슬슬 본론으로 들어가 볼까? 자네 직장 동료분들에게도 비밀로 하고 나온 듯한데."

"예. 솔직히 말씀드리자면 대표님께 영업을 하기 위해 왔습니다."

"영업?"

오석의 한쪽 눈꼬리가 살짝 치켜 올라간다.

하지만 민철은 대화의 브레이크를 밟지 않고 오히려 액셀을 밟는다.

"예. 여름 시즌 시작과 동시에 돈냥에서 다수의 체인점이 오픈한다는 말을 들었습니다. 그러면 동시에 냉방 기기가 필요하지 않을까 싶습니다."

"필요하긴 하지. 에어컨이라든지 선풍기, 기타 설비는 없어선 안 되니까. 특히나 고깃집의 경우에는 화력이 주 요소이기 때문에 냉방 시설이 가히 필수적이지."

"그래서 부디 저희 청진전자 심곡점과 계약을 맺어 다수의 냉방 시설들을 설치할 수 있으면 하는 마음으로 찾아뵌 것입니다."

"허허허. 그렇구만, 그랬어. 좋은 이야기지. 나도 가급적이면 아는 사람한테 기기를 구입한다면 좋겠다 생각하고 있었고."

이야기가 괜찮게 흘러가는 것처럼 보인다.

체린은 민철의 의도가 성공했음을 깨닫게 된다.

하지만.

"하지만 말이야."

야심가, 오석의 눈빛이 강한 이채를 띤다.

"이런 업무 이야기를 왜 내가 자네 같은 신입 사원과 주고받아야 하는지 모르겠군."

"⋯⋯."

"나와 동등한 위치에 서려고 머메이드 대표 따님을 데려온 것까지는 이해를 하겠어. 좋은 생각이야. 그러나 그건 엄밀히 말해서 저 아가씨의 위치일 뿐이지, 자네의 위치가 아니야. 내 말을 이해하겠나?"

"⋯⋯."

"타인의 힘을 빌리는 건 좋아. 인맥을 활용하는 건 좋지. 난 이만큼의 인맥이 있다고 자신하는 건 좋아. 하지만 말일세. 본인의 능력이 없으면 말짱 꽝이야. 인맥을 과신해 성과를 보이려 하는 건 잘못된 판단이란 뜻이야. 만약 내가 한 말이 그대로 맞아떨어진다면, 자네가 이 우연을 가장한 협상 테이블을 기획한 건 실패야."

실패!

민철에게는 있을 수 없는 단어가 그를 엄습한다.

당황한 체린이 대화에 끼어들기 시작한다.

"죄송해요, 대표님. 민철 씨는 그런 의도가 아니라……."

"아니. 내가 봤을 때는 내 말이 정확한 거 같네. 아가씨도 이미 예상하고 있지 않았었나?'

"그, 그건……."

"아가씨가 남자친구를 위하는 마음은 잘 아네. 하지만 여기서 아가씨가 입을 놀리는 건 오히려 그를 더 비참하게 만드는 것일 수 있어. 그의 계획이 실패한 순간부터 이미 그를 감싸주는 행위는 '동정심'만 유발할 뿐이니까."

"아, 아니에요. 그, 그런 게 아니라……."

체린이 말을 더듬을 정도면 심하게 당황했다는 뜻이다.

이미 이 협상 테이블 자체가 성립되지 않음을 지적당한 시점에서 민철의 계획은 실패로 돌아간 셈이다.

그러나.

"좋은 말씀입니다. 인맥을 과신하지 않고 자신의 능력을 보여주는 게 오히려 신뢰가 더 간다는 그 말, 분명 맞는 말씀이라고 생각합니다."

민철은 아직 죽지 않고 있었다.

오히려…….

'눈에 생기가 돌기 시작했어……?'

오석의 미간이 살짝 찡그려진다.

어리석은 젊은 청년에게 따끔한 훈계를 주려 생각했던 오석의 생각이 순간 뒤틀린다.

"체린을 이 자리에 합석시킨 것은 제 인맥을 과신해 대표님과 동등한 위치에 서려는 의도도 있었습니다만, 전 그것보다 더 중요한 목적이 있습니다."

"오호, 들어볼까?"

"이 테이블에서 제가 영업 대상으로 삼고자 하는 사람은 대표님뿐만이 아닙니다. 제 여자친구이기도 한 체린도 영업 대상입니다."

"…뭐라고?"

"기억하고 계실 거라 생각합니다. 체린은 머메이드 대표의 딸입니다. 영향력이 없다 볼 수 없죠. 그래서 전 처음부터 체린을 인맥 과시용이 아닌 영업의 대상으로 합석을 유도했습니다. 제가 냉방 시설을 팔고자 하는 사람은 대표님을 포함해 이체린, 두 사람입니다."

들도 보도 못한 민철의 말에 체린이 어이없다는 시선을 던진다.

민철이 말만 한다면 체린은 충분히 협력할 의사가 있을 것이다.

그런데 굳이 이 협상 테이블에 자신을 서포터 역할이 아니라 거래 대상으로 올려 버린 것이다.

분명 돈냥 하나에게만 거래를 성공시켜도 충분하다. 그러나 민철은 어중간한 성공 따위는 바라지 않는다.

완벽한 대박을 노린다.

머메이드와의 거래까지 포함해 애초 목표했던 돈냥과의 단독 거래 수치보다 적어도 1.5배 이상의 수익을 거둬들인다.

그게 바로 민철의 마인드다.

'이성 관계는 사적인 관계… 그리고 영업은 공적인 업무라는 뜻이구나.'

침착하게 자신의 생각을 가라앉힌 체린이 고개를 끄덕인다.

"알았어."

"그럼 대표님, 그리고 체린아. 제 말을 끝까지 들어주시길."

오히려 협상 대상을 2명으로 늘리는 탓에 분명 민철의 부담은 가중되었을 터다.

하지만 민철은 능수능란하게 말을 이어간다.

"지금 들으시는 이야기는 절대로 바깥에서 새어 나가면 안 될 이야기입니다."

"…명심하지."

"한경배 회장은 현재 자신만의 세력을 구축하기 위해 본사 내에서 인재 몇 명을 선발해 별도로 부서를 만들려 합니다. 그리고 그 부서가 조만간 청진그룹 내에서 최고의 권력을 지니게 될 것입니다."

"한경배 회장님이……."

"그 부서에는 저도 배정될 예정입니다."

"자네가……?!"

오석의 시선이 순간 달라진다.

한경배 회장의 힘을 등에 업은 신입 사원이라면 말이 달라진다.

"예, 전 언젠가는 청진그룹을 제 손으로 획득할 것입니다. 대표님, 그리고 체린에게 영업 대상으로서 거래 조건으로 거는 것은 바로 저의 미래, 즉 저에게 '투자' 해달라는 의도가 강합니다."

"투자라……."

"제가 청진그룹의 정상 위치에 서게 되면, 분명 돈냥에는 많은 이득이 돌아갈 겁니다. 청진그룹은 아직 외식업까지 발을 내뻗지 않았습니다. 잘 아시겠지만요. 만일 청진그룹이 외식업에 관심을 표할 때, 분명 돈냥에게도 크나큰 위협이 될 것입니다. 대기업의 횡포는 수많은 선례가 있으니까요. 만약 그렇게 된다면 제가 최대한 돈냥에게 피해가 가지 않게끔 지원해 드릴 자신이 있습니다."

"……"

"어떻습니까? 청진전자와 거래하신다면 필수적으로 구입
해야 하는 냉방 시설을 저렴하게 들여놓을 수 있음은 물론 훗
날 저의 힘을 빌릴 수 있으실 겁니다."

민철이 슬쩍 한쪽 입꼬리를 올리며 돈냥 대표와 체린을 향
해 묻는다.

"이민철이라는 이름의 미래주에 투자해 주십시오. 분명 최
고 상한가로 오를 겁니다."

이민철.

그는 주오석보다도 훨씬 더 뛰어난 야심가였다.

*　　　*　　　*

드르륵.

문을 열고 1호 방에 다시 모습을 드러낸 민철과 체린.

뒤늦게 등장한 이들의 모습에 태희가 살짝 언짢아진 기분
으로 묻기 시작한다.

"어디 가셨던 거예요?"

"잠시 볼일이 있어서."

"…무슨 볼일이요?"

추궁하기 시작하는 태희에게 민철이 어색하게 웃으면서 대답해 준다.

"통화가 조금 길어져서 말이야. 체린은 나 기다려 주느라 늦은 거고."

"…알았어요."

태희도 그 이상 캐묻는 것도 조금은 모양새가 나지 않다는 것을 깨달았는지 어쩔 수 없다는 듯이 고개를 끄덕이며 입을 다문다.

한편, 윤 주임과 강대한, 그리고 석인은 요즘 심곡점에 도는 불길한 기운 덕분에 취하고는 버틸 수 없었는지 그대로 취객 모드로 돌입해 있었다.

"심곡점에서 20대 청춘을 바쳤는데 없어지면 곤란하다고!"

"맞습니다, 윤 주임님 말이 맞아요!"

"옳소!"

3인이 단합을 해서 심곡점의 폐장에 대해 결사반대를 외치지만 이들의 목소리가 회장인 한경배의 귀까지 들릴 리는 없다.

그렇게 얌전히 술을 마신 뒤, 계산을 하기 위해 자리를 잡은 민철을 뒤로하고 중년의 남성이 잔뜩 술에 취한 윤 주임에게 말을 건다.

"허허, 젊은이가 술에 완전 떡이 되었구만."

"…세상에 고달파서 그럽니다요, 세상이!"

"하지만 그렇다고 술에만 의존하면 안 될 일이야. 그럴수록 정신을 차리고 극복할 생각부터 하는 게 자네 나이 때 해야 할 일이지."

"…히끅!"

"고달파도 힘내게. 나도 자네들처럼 어려운 시절이 있었지만, 지금은 그걸 극복하기 위해 노력하고 있으니까."

중년 남성의 말에 민철이 가볍게 대표로 목례를 한다.

가게 바깥으로 사라지는 그들을 바라보던 중년 남성, 주오석은 젊은이들의 뒷모습을 지그시 바라본다.

"미래를 이끌어갈 인재들이 저 자리에 모여 있군그래."

술을 마시지 않은 체린이 민철을 대신해서 차량을 운전하기 시작한다.

다른 사람들은 택시를 태워 보냈고, 체린은 민철이 하숙하고 있는 혜진의 집에 데려다주기 위해 운전대를 잡는다.

신호등의 빨간불에 잠시 정차한 체린이 한숨을 내쉬며 말한다.

"만족할 만한 결과가 나왔어?"

조수석에서 바깥 풍경을 바라보던 민철이 그런 체린의 질문에 대답한다.

"물론."

"진심이야?"

"진심이지."

"그치만 주오석 대표와 거래를 성사시키는 데 '실패' 했잖아."

"……."

그렇다.

주오석은 마지막에 마지막까지 고민을 했지만, 결국 민철은 그와의 거래를 성사시키지 못했다.

하지만 그렇다고 거절당한 것도 아니다.

"보류일 뿐이지."

"그래도 애초에 민철 씨가 거래를 성사시키기 위해 만든 자리였잖아. 그렇다면 결국 실패 아니야?"

"이번 협상 테이블의 콘셉트는 '반드시 성공시키겠다' 가 아니었어. 너한테 얼마 전에 말한 적 있지 않나?"

"무엇을?"

"돼도 그만, 안 돼도 그만이라고."

"……."

"협상이라는 건 말이야, 반드시 내가 이루고자 하는 목표에 달성해야 성공이라는 법이 없어. 내가 생각하는 협상 성공의 기준은 바로 이거야. 조금이라도 손해가 아닌 이득이 생긴다면 그건 성공한 거야."

"보류를 성공이라고 말할 수 있는 거야?"

"아직까지 냉방 시설을 들여오지 않았다는 건, 주오석 대표는 지금 다른 기업들과 간을 보고 있다는 뜻이야. 우리나라에서 대규모로 가전제품을 제공할 수 있는 기업은 몇 안 돼. 게다가 브랜드의 신뢰성, 즉 대기업이라는 명함을 달고 있는 기업 또한 몇 안 되지. 나머지는 실무 분야야."

"얼마만큼 자신의 상품을 잘 어필하느냐 싸움이라는 뜻이지?"

"물론. 주오석 대표에게는 충분히 우리 측의 의사를 내비쳤어. 아마 다수의 체인점을 오픈하면서 슬슬 제품을 알아보기 시작하겠지. 그때가 찬스야. 주오석 대표는 우리의 의사를 거절하지 않았고 생각해 보겠다는 대답을 내놓았어. 결국 시간 싸움이야."

"시간 싸움?"

"내가 내뱉은 말을 점점 실전으로 보여줄수록 주오석 대표는 나에 대한 신뢰도를 쌓아간다는 말이지."

지금 당장 민철의 입장에서 보여줄 수 있는 건 오로지 말뿐이다.

하지만 그 말을 실천으로 보여주면 된다.

미리 말로 초석을 깔아놓고 그 결과물을 보여주기 시작하면 주오석 대표도 점점 민철을 믿게 될 것이다.

"하지만 지금 당장 매출을 내야 하는 게 심곡점의 입장이잖아. 민철 씨가 성과를 보여주기 위해서는 시간이 어느 정도 필요하고… 그 시간에 심곡점이 폐장되면?"

"지금 당장의 성과를 보여줄 수는 있어. 잊고 있었나 보구나. 내가 말했던 것을."

민철이 슬쩍 웃으면서 체린을 바라본다.

"내가 말한 거래 상대는 1명이 아니라 2명이라고."

"……."

"심곡점 매출 좀 잘 부탁해."

물론 처음 의도한 그대로 주오석 대표와의 거래가 성사되었다면 말 그대로 대박이었을지도 모른다.

그러나 민철은 실패할 가능성을 처음부터 염두에 두고 있었다.

그가 생각했던 메인 플랜은 대략 3가지.

주오석 대표에게 '거절' 당한다는 것, '보류' 한다는 것, 그리고 '성사' 시킨다는 것.

'거절' 플랜은 최악의 수를, '보류' 플랜은 시간이 필요한 조건을 지니고 있는 성공을, 그리고 '성사' 플랜은 지금 당장의 성공을 의미하는 키워드다.

그중 '거절' 과 '성사' 가 아닌 '보류' 플랜으로 들어섰다.

즉, 시간이 필요한 성공 절차가 된 셈이다.

민철은 '거절'과 '보류' 플랜으로 협상 방향이 틀어질 경우를 대비해 체린을 그 자리에 합석시킨 것이다.

　최악의 시나리오를 면하기 위해, 그리고 시간이 필요한 성공을 대비해 그 시간을 벌기 위해서.

　여기서 추가적인 플랜, 즉 4번째 플랜이 발생하게 된다.

　지금 당장의 매출을 보장할 '보험' 플랜.

　그게 바로 이체린이라는 존재였다.

　"너무 날 부려먹을 생각 하는 거 아니야?"

　체린이 살짝 퉁명스럽게 대답을 한다.

　그러나 말은 그렇게 할 뿐이지, 이미 그녀는 민철을 도와줄 마음으로 가득했다.

　애초에 도와줄 마음이 없었다면 민철과 주오석 대표를 만나게끔 협력해 주지도 않았을 것이다.

　결국.

　민철은 협상 자리를 만들기도 전에 이미 이체린이라는 '성공 카드'를 깔고 간 것이다.

　"새로 오픈할 머메이드 카페의 지점 횟수가 몇 개인지는 나도 몰라."

　"그래도 전국구로 이제 막 확장세에 접어들었으니 심곡점을 위기에서 탈출시킬 매출 정도는 나오겠지."

　"…민철 씨의 그런 잔머리가 가끔은 너무 짜증 나."

연상으로서의 지위를 지키고 싶어도 늘상 이런 식으로 민철은 자신이 생각했던 것 이상의 플랜을 짠다.

이렇게 되면 결국 체린은 민철을 올려다볼 수밖에 없다.

능력 있는 자에겐 그만한 대우를 해준다.

그게 바로 체린의 마인드였기 때문이다.

"단, 공짜로는 안 돼."

"어이쿠. 생각지도 못한 조건이 걸려오다니."

"예상 못 했어?"

"전혀."

민철이 장난스럽게 웃으며 말하자, 조금은 기분이 좋아진 체린이 미소를 머금기 시작한다.

그녀도 민철의 태도가 장난식이라는 건 알고 있다.

그렇기 때문에 더더욱 억지를 부리고 싶어졌다.

"연수 들어가기 전에 1주일 정도 시간 비지? 그때 어디 여행이라도 가려고."

"여행이라. 나쁘진 않지."

그동안 너무 바쁘게 달려온 민철이었다.

본사에 입사한 이후부터는 더더욱 액셀을 밟아야 하기에 민철은 그전에 한 번쯤은 신선한 공기를 마시며 휴식을 취하는 것도 나쁘지 않을 거라 생각한다.

"그럼 일정 비워둬. 그리고 그 태희라는 여자한테 관심 쏟으면 죽을 줄 알아."

"하하……."

지점장과 서 과장은 마주 앉은 한 여성, 이체린을 상대로 진
땀을 흘리고 있었다.

앞으로 오픈할 머메이드 지점들의 모든 설비 관련 제품을
심곡점을 통해서 계약을 맺기로 한 것이다.

왜인지는 그들도 모른다.

체린이 민철과 연인 사이인지 알 리가 없기 때문이다.

"그럼 그렇게 진행해 주세요."

깔끔한 정장 차림을 갖춘 체린이 계약서에 사인을 하며 지
점장에게 건네준다.

절대 갑(甲)의 입장에 있는 체린이었지만, 그녀는 자신의 아
버지를 대신해 중요 업무를 인수인계받고 있는 엘리트 여성이
다.

갑이라 해도 절대로 횡포를 부리지 않고 냉정하게 회사 일
을 처리한다.

민철이 사적인 자리에서 일부러 그녀에게 그가 계획한 플
랜에 대한 모든 것을 털어놓지 않고 공적인 자리에서 그녀를
거래 대상으로 놓고 처음으로 이 사실을 언급한 이유가 바로
여기에 있다.

만약 민철이 사적인 친분을 앞세워 체린에게 부탁을 해왔다면, 오히려 체린이 실망했을지도 모른다.

그런 면모 때문에 체린은 민철에게 더더욱 푹 빠지고 있었다.

'정말… 나중에 각오하라고, 민철 씨.'

속으로 귀여운 투정을 부리며 자리에서 일어서는 체린.

그때, 지점장이 마주 자리에서 일어선다.

그러더니…….

"감사합니다!!"

지점장이 허리를 90도 각도로 숙인다.

자신보다 훨씬 연하인 여성에게 아무렇지도 않게 머리를 조아린 것이다.

"그, 그렇게까지 하지 않으셔도……."

"정말 감사합니다!! 덕분에 심곡점이 문 닫지 않게 되었습니다. 이 감정을 어떻게 표현해야 좋을지…….'"

"……."

"제 청춘을 바쳐 온 지점입니다. 그리고 부족하지만 저를 믿고 따르는 부하 직원들의 생계를 책임지고 있는 지점입니다. 비록 작은 매장일지 모르지만… 제 사원들의 꿈과 노력이 담겨 있는 소중한 곳입니다. 저에게는 보물 같은 장소입니다! 제가 있어야 할 곳을… 모두가 있어야 할 곳을 지켜주셔서 정말 고맙습니다!!"

뚝뚝.

머메이드 카페의 바닥에 떨어지는 뜨거운 중년 남성의 눈물.

배불뚝이에 다 벗어진 머리를 하고 있는 중년 남성이 어여쁜 젊은 여성에게 허리를 숙여 한두 방울 눈물을 떨어뜨린다.

누가 보면 이상한 장면으로 보일지 모른다.

그러나 체린은 순간 깨달을 수 있었다.

이런 사람이기 때문에.

이런 지점장이기 때문에 심곡점의 정(情)이 그토록 따스하단 것을.

"지점장님……."

서 과장 또한 지점장의 행동에 놀란 것은 마찬가지였다.

그는 심곡점에 배치된 지 얼마 되지 않았다.

그렇기 때문에 지점장이 이렇게 심곡점에 대한 애정을 가지고 있는 줄도 몰랐다.

남자가 타인에게 허리를 숙이는 건 결코 가벼운 행동이 아니다.

어찌 보면 굴욕이라 할 수도 있을지도 모른다.

그러나 서 과장은 절대로 그렇게 생각하지 않는다.

이것은 굴욕이 아니라 '용기' 다.

누군가에게 허리를 숙일 줄 아는 용기.

"후우……."

가볍게 한숨을 내쉰 체린이 부드러운 미소를 지어 보이며 지점장과 서 과장을 번갈아 본다.

"민철 씨는 좋겠네요."

"…네?!"

"이렇게 좋으신 분들 밑에서 실습 기간을 보내게 되었으니까요."

그렇게 말한 체린이 또각또각 힐 소리를 내며 자리를 뜬다.

순간 당황한 서 과장과 지점장이 멀뚱하게 체린의 뒷모습을 바라보며 중얼거린다.

"방금… 민철이라고……."

"왜 민철 씨 이름이 저분한테서……?"

왜 거기서 그의 이름이 나왔는지에 대해서는 두 사람의 입장에선 전혀 알 수 없었다.

*   *   *

카페 머메이드와의 거래가 성사되고 난 이후.

"음……."

영업 1팀 황고수는 심곡점이 머메이드의 각 지점별로 냉방 시설을 제공하기로 계약을 맺은 사실에 주목하고 있었다.

영업팀의 입장에서 보자면 이는 실로 어마어마한 성과라 할 수 있다.

특히나 부천점도 아니고, 근처 대형 매장을 제치고 심곡점이 그 계약을 따냈다는 건 아무리 생각해도 황 부장의 의심을 자극할 만도 했다.

"뭔가 있었나."

사무실에 앉은 채 오전부터 그 생각을 해봤지만, 도저히 짐작이 가지 않았다.

제아무리 능력이 좋은 황 부장이라 하더라도 이번 계약 건은 예상할 수가 없었기 때문이다.

상식적으로 이해가 안 된다.

아니, 그를 유일하게 납득시킬 수 있는 방법이 존재는 한다.

"상상을 초월하는 인맥을 대동하면 될 듯한데."

하지만 심곡점에 애초에 그런 인맥을 가진 자가 있었다면 폐장설까지 나돌지는 않았을 것이다.

실제로 심곡점은 앞으로 계속해서 폐장 절차를 밟아갈 준비를 하고 있었다.

그런데 머메이드와의 계약으로 인해 그 계획이 무산되었다.

중요한 계약을 따냈는데 이제 와서 폐장을 시킨다는 건 말이 안 되기 때문이다.

"폐장이 되는 걸 극복하기 위해 누가 머메이드와 계약을 따냈다. 여기까지는 알 거 같은데… 문제는 어떻게 계약을 따냈는지가 궁금하군."

같은 영업팀으로서 이건 매우 존경할 만한 사건이다.

펜을 굴리던 황 부장.

짐작이 가는 인물은 있다.

유독 말발이 특출 나던 바로 그 존재.

하지만 그 사람은 고작 '인턴'에 불과하다.

"…설마."

그럴 리가 없다.

황 부장은 이제 막 심곡점에 입사한 인턴 주제에 그런 대규모 계약을 성공시킬 리가 없다고 판단했다.

한편.

황 부장의 끊임없는 의심이 있는지 없는지도 모른 채 심곡점은 점점 바쁜 일상을 보내기 시작한다.

무엇보다도 머메이드와의 계약 성사라는 어마어마한 성과를 거둔 탓에 폐장 절차가 보류되었기 때문이다.

"그래도 지금 당장 폐장이 아니라서 다행이구만……."

지점장이 한숨을 내쉬며 혼잣말을 내뱉는다.

같은 사무실에 있던 서 과장도 동의한다는 듯이 지점장의 말을 받아준다.

"민철 씨 덕분에 매장 직원들도 점점 고객을 상대하는 게 익숙해지고 있더군요. 장기적으로 봤을 때는 미약하지만 매출은 확실하게 오르고 있습니다."

"그러게 말이야. 민철이 그 친구가 완전 복덩어리구만, 복덩어리. 근데 그 친구의 이름이 왜 이체린 씨에게서 거론된 것일까……."

키보드를 두드리고 있던 태희가 지점장의 혼잣말을 듣자마자 일제히 모든 행동을 정지한다.

그와 동시에 억지로 시선을 돌리며 지점장에게 대뜸 소리치는 게 아닌가.

"이체린이라고 하셨어요, 방금?!"

"그렇다만… 무슨 문제 있나?"

"서, 설마 제가 아는 그 체린 언니는 아니겠죠……?"

"체린 언니? 서로 아는 사이인가?"

"그……."

태희가 우물쭈물하며 주변을 둘러본다.

타인의 이야기이기 때문에 괜히 듣는 귀가 더 많아질수록 꺼려지는 것이었다.

"민철 씨 여자친구분이세요……."

"뭐라고—?!?!"

콰왕!

무의식적으로 지점장이 자리에서 벌떡 일어난다.

그 여파로 의자가 뒤로 벌렁 넘어지는가 싶더니, 이내 큰 소음을 낸다.

서 과장 또한 말도 안 된다는 표정으로 펜을 바닥에 떨어뜨린다.

세상에.

왜 이민철의 이름이 체린에게서 언급되었다 싶었더니…….

"하, 하하… 세상 참 오래 살고 볼 일이야……."

힘없는 웃음으로 다시 의자를 일으키는 지점장이 애써 떨리는 다리를 진정시킨다.

심곡점을 위기에서 구한 것은 체린이 아니었다.

바로 이민철이었다는 사실이 더더욱 놀라웠던 것이다.

시간이 점점 흘러가면서 민철 또한 심곡점에서의 실습 기간 2개월을 채워가고 있었다.

이제 남은 시간은 고작해야 이틀 정도.

내일 마지막 출근을 앞두고 지점장이 퇴근 전에 직원들을 불러 모은다.

"오늘, 아침에 예고했듯이 경사스러운 일, 그리고 슬픔을 감수해야 하는 일을 위해서 회식 자리를 가질까 하네. 다들 시간 되겠지?"

"예!"

"물론입니다!"

직원들이 기운차게 외친다.

심곡점의 위기에서 탈출한 기념도 섞여 있는 이 회식 자리.

그러나 지점장이 말했듯이 이 회식 자리가 가지는 의미에는 기쁜 의미도 있고 슬픈 의미도 있다.

우선 기쁜 것으로는 인턴 3명이 모두 정직원으로 전환되었다는 점이다.

본래대로라면 남자 인턴 중에서는 강대한이 뽑힐 가능성이 유력했지만, 심곡점의 위기 덕분에 하나둘씩 관두는 직원들이 생긴 탓에 석인까지 정규직으로 전환되었다.

그리고 나쁜 것으로는 바로……

민철의 마지막 출근이 바로 내일이라는 점이다.

"자자, 다들 자리 잡고, 잔들 채우게."

최근 자주 가기 시작한 고깃집, 돈냥에 도착한 심곡점 가족들.

지점장의 말에 사원들이 제각각 잔을 채우기 시작한다.

오늘만큼은 술을 잘 못하는 석인도 소주잔에 투명한 알코올 액체를 채워 넣었다.

"그럼 우선 새로운 식구로 다시 태어난 인턴들부터 소감을 발표하도록 할까!"

짝짝짝!!

우레와 같은 박수 소리와 함께 대한과 석인, 수지가 서로 눈치를 본다.

누가 먼저 할 것인지 눈빛으로 의견을 교환하다가 먼저 석인이 자리에서 일어선다.

"제가 먼저 하겠습니다!"

"오오, 역시 석인 씨야!"

윤 주임이 환호를 지르며 석인의 용기에 칭찬을 던져 준다.

평소 석인이라면 이런 자리에 먼저 나서는 타입은 아니었을 테지만, 지난번 워크숍 등산 사건과 그리고 민철의 화술 교육 덕분에 최근에는 자신감 있고 적극적인 태도를 취하게 되었다.

"우선 정규직 전환 정말 감사합니다! 사실 전 평소에 도서관에만 틀어박혀 샌님처럼 공부하던 사람이었습니다만… 사람을 상대하는 일이 이렇게 어려운 일인지 직접 겪으면서 처음 알았습니다. 자신감도 없었고, 제가 할 수 있을지 없을지도 몰랐던 이 일이지만… 이제부터 변하기로 했습니다. 전 다시 태어날 겁니다. 심곡점의 정규직 사원으로서 말이죠!"

"힘내라, 석인 씨!"

"파이팅!!"

사원들도 적극적으로 석인을 응원한다.

마무리 멘트를 하기 위해 석인이 호흡을 가다듬는다.

"지점장님, 그리고 서 과장님, 감사합니다. 또 평소에도 현장에서 저에게 많은 말씀을 해주신 윤 주임님도 정말로 감사드립니다. 마지막으로 제가 정말 평생 은인으로 여기고 살아야 할 사람이 있습니다."

석인의 시선이 어느 한 곳으로 쏠린다.

조용히 잔을 기울이던 민철에게 그의 시선이 집중된다.

"민철 씨, 정말 고맙습니다! 민철 씨 덕분에 저는 다시 태어날 수 있을 거 같습니다. 이 은혜… 절대로 잊지 않겠습니다!"

사원 전원이 또 한 번 박수갈채를 보낸다.

민철에 대한 고마움의 표시를 한 것은 석인뿐만이 아니다.

심곡점 전원이 같은 마음이다.

머메이드와의 거래를 성사시켜 준 것이 민철이라는 점은 지점장과 서 과장, 그리고 사무실에서 우연히 모든 사건의 전말을 알게 된 태희밖에 모르는 사실이다.

민철은 가급적이면 자신과 체린의 관계가 많은 사람들에게 알려지는 걸 꺼려했기 때문이다.

힘은 가지면 가질수록 오히려 과신하면 안 된다.

발톱은 감추고 있어야 위력을 발휘하는 법이었기에 민철의 부탁으로 다른 사람들에게는 알리지 말게끔 조치를 취했다.

그러나 정확히는 모르지만 어렴풋이 모두가 민철의 도움이 있었기에 심곡점이 되살아났다는 것 정도는 눈치채고 있었다.

이민철이라는 자가 왔기에 서 과장이 새로 투입되었고, 더불어 심곡점의 매출이 상승하면서 본사에 심곡점이라는 존재를 각인시킬 수 있었던 것이다.

이민철.

그가 심곡점을 바꿨다.

"자, 그럼……."

석인을 시작으로 대한, 그리고 수지까지.

인턴 3명의 소감 발표가 끝나자 지점장이 말을 이어간다.

"우리 민철이. 내일 마지막 출근인데 심곡점 식구들에게 인사 한번 하지."

"알겠습니다."

자리에서 일어선 민철이 가볍게 복장을 다듬는다.

이들과의 회식 자리도 이번이 마지막이 될 수도 있다.

그렇기 때문에 민철은 최대한 깔끔한 모습으로 이들의 뇌리에 마지막에 기억되고 싶은 기분이었다.

"제가 심곡점에서 일하고 느낀 점은 한 가지입니다."

민철이 부드러운 미소를 지어 보이며 이들을 향해 솔직한 감정을 담아 표현한다.

"첫 직장이 여기라서 다행이라는 점입니다."

이민철.

그는 레이폰 더 데스사이드이며 달변가, 화술가, 희대의 사기꾼 등 많은 별칭을 섭렵한 자다.

그런 그에게 있어서 심곡점은 어찌 보면 이 세계에 들어와서 처음으로 자리 잡은 직장이었다.

사실 내심 불안한 감도 없지 않아 있었다.

첫 스타트를 잘 끊어야 할 터인데.

이런 불안감은 사람인 이상 하지 않을 수가 없을 것이다.

그러나 심곡점은 자신이 생각했던 것 이상으로 좋은 곳이었다.

무책임하게 보일지 모르지만 그래도 정이 많고 인간미 있는 지점장.

업무에 대해서는 빠삭하고 융통성이 없으나 누구보다도 열성적인 서인수 과장.

딱딱한 모습보다도 친근함으로 현장 직원들에게 많은 인기를 얻는 형 같은 존재, 윤준호 주임

이제 막 인턴 직위에서 벗어난 신입 사원, 유석인.

마지막으로 경리인 오태희까지.

이들을 포함해 전부가 심곡점의 '가족'이다.

"심곡점에서 많은 것을 보고 배워 갑니다. 언젠가 다시 만날 거라는 믿음을 가지고 오늘 이 회식 자리는 이별의 슬픔보다 재회의 기대로 임하겠습니다."

"민철 씨……!"

어느새 윤 주임의 눈시울이 붉어지고 있었다.

윤 주임뿐만이 아니라 석인도 훌쩍이면서 손등으로 눈물을 훔친다.

유독 민철과 친하게 지내던 두 사람이었기에 그와의 이별이 섭섭함으로 다가온 것이다.

그러나 민철의 말처럼 슬퍼해서는 안 된다.

이별의 슬픔보다 재회의 기대로!

그게 바로 민철이 바라는 것이기 때문이다.

"그럼 다 같이 건배!!"

"건배!!"

민철의 선창에 따라 직원들이 일제히 잔을 든다.

심곡점에서의 마지막 회식의 밤은 그렇게 점점 무르익어 가기 시작한다.

회식을 마친 뒤.

각자의 집으로 돌아가는 와중에 민철이 주차장으로 발걸음을 옮긴다.

오늘은 차를 끌고 왔기에 퇴근도 차를 끌고 해야 한다.

술을 마시긴 했지만 이미 걸어오는 과정에서 마나 순환을 통해 알코올 농도를 중화시켜 뒀다.

차에 오르려던 찰나.

"음주 운전은 불법이에요, 민철 씨."

"태희 씨? 언제부터 계신 건가요."

"일부러 기다리고 있었어요."

그렇게 말하면서 태희가 차 문을 열고 조수석에 앉는다.

"데려다주실 거죠?"

"음주 운전자에게 목숨을 맡길 용기가 있으시다면요."

"민철 씨라면 충분히 믿을 수 있으니까요. 자, 출발해요."

운전대를 잡은 민철이 익숙하게 차를 몰기 시작한다.

새벽 2시를 넘어가는지라 차도는 비교적 한산한 편이었다.

태희의 집까지는 얼마 걸리지 않는 거리.

그녀의 집 앞에 차를 주차시키자, 지금까지 아무 말도 없던 태희가 대뜸 이렇게 말한다.

"워크숍 때 기억나요?"

"어떤 거 말씀인가요."

"제가 나중에 경리를 관두고 무엇을 할지 말이에요."

"그러고 보니 들은 적이 있군요."

등산 사건 때문에 까맣게 잊고 있었다.

그럴 줄 알았다는 듯이 태희가 빙그레 웃으며 말한다.

"네일 아티스트예요."

"네일 아티스트라… 태희 씨라면 잘 어울릴 거라 생각합니다."

"그러니까 나중에 제가 가게 차리면, 민철 씨도 손톱 관리 받으러 오세요. 원하면 매니큐어도 칠해 드릴 수 있어요."

"하하, 그건 좀……."

어색하게 웃던 민철이었으나.

예상치 못한 공격을 당해 버렸다.

"……!"

오른쪽 뺨에서 느껴지는 이질적인 감각.

태희가 갑자기 대뜸 민철의 뺨에 자신의 입술을 갖다 댄 것이었다.

쪽 소리와 함께 여성의 붉은 립스틱의 잔해가 그의 얼굴에 남는다.

"사실 마음 같아서는… 키스라도 하고 싶었지만, 오늘은 용기가 안 나니까 여기까지 할래요."

안전벨트를 풀고 조수석에서 내린 태희가 혀를 빼꼼 내밀며 메롱 포즈를 취한다.

"민철 씨, 제가 민철 씨 좋아하는 거 예전부터 눈치채고 계신 거 다 알아요. 그러니까 오늘은 제 마음을 몰라주는 척했던

태도에 대한 벌이에요. 나중에 만나면 더한 벌도 줄 테니까
요!"

"…기억하겠습니다, 하하."

"그리고 전 절대로 포기 안 해요. 아셨죠?"

무엇을?

이라고 묻기도 전에 태희가 빠르게 자리를 뜬다.

굳이 물을 필요도 없이 민철은 이미 그녀가 자신을 포기하
지 못할 거라는 말인 걸 알고 있었다.

발칙한 도발에 의해 민철이 쓴웃음을 짓는다.

"술이 확 깨는구만."

제5장

인재 대전

"…설마설마했는데 역시나……."

인사팀에서 실장 직위를 맡고 있는 차원소의 미간이 잔뜩 찡그려진다.

오늘도 업무 면에서 트러블 발생.

매번 있는 일이긴 하지만, 그래도 짜증 나는 건 어쩔 수 없다.

"이것들을 확 패버릴 수도 없고."

차 실장의 중얼거림에 인사팀 소속 사원들이 잔뜩 긴장을 하기 시작한다.

인사팀 내에서는 군기 반장이라 불리는 차 실장의 성격을 건드려서는 안 된다.

괜히 그를 자극했다간 오늘 하루… 아니, 일주일 내내 부서 분위기가 얼음왕국처럼 되기 때문이다.

그러나 차 실장의 신경을 자극하는 건 업무적인 면뿐만이 아니라 또 다른 곳에 위치하고 있었다.

"차 실장님. 부탁하신 '그거' 가져왔습니다."

인사팀 소속 오태환 대리가 뭐가 그리 좋은지 싱글벙글한 미소를 지으며 차 실장에게 A4용지 하나를 내민다.

"니 녀석은 뭐 좋은 일이라도 있냐? 얼굴 표정이 왜 그러냐."

"그야… 명단 보시면 아시지 않습니까?"

"……."

군말하지 않고 종이로 시선을 돌린 차 실장.

그와 동시에 오 대리가 자신의 만면에 미소가 그려져 있는 이유에 대해서 설명하기 시작한다.

"남성진 그 친구가 다행스럽게도 우리 인사팀에는 지원하지 않았더라고요."

차 실장의 시야에 들어오는 거대한 문구.

바로 '신입 사원 희망 부서 지망 목록'이었다.

"남성진이라면 부사장 아들이었지?"

"네. 다행이라고 생각하지 않습니까? 같은 팀 내에 청진전자 부사장님 아드님이 계시다고 한다면 소름이 끼칠 거 같습니다요."

"흥, 그러니까 네가 성공을 못 하는 거다. 부사장 아들이 같은 부서 내에 있다면 오히려 그 인맥을 이용해 위로 올라갈 생각을 해야지, 벌써부터 지레 겁먹고 피할 생각부터 하냐."

"에이, 전 그런 대박 인생에는 관심도 없고, 그냥 이 회사에서 잘리지만 않았으면 좋겠습니다. 괜히 어중간한 시기에 잘리면 갈 곳도 없잖아요."

"쯧쯧. 젊은 녀석이 사상이라고는."

"그러는 차 실장님은 어떻습니까?"

"……."

명단을 잠시 내려놓은 차 실장이 미간을 살짝 찡그린다.

그러면서 하는 말.

"나도 안 잘리면 그만이다."

"하하하! 역시 차 실장님이십니다."

"흠……."

어떻게 들어온 청진그룹인데 괜히 윗자리를 노린다고 이상한 라인을 탔다가 잘리기라도 한다면 그것만 한 손해가 없을 것이다.

위를 노리는 건 집안 배경이 좋고 특출 난 인맥을 타고난 자들만이 누릴 수 있는 특권이다.

차 실장도, 그리고 오 대리도 소시민에 불과하기에 그런 야망은 누릴 엄두도 못 내고 있었다.

"그나저나 뭔가 아쉽네요. 차 실장님이 탐내시던 그 '이민철'이라는 친구 말이에요."

"이민철? 그 친구가 우리 인사팀에 지원을 안 했나?"

"아니요. 하긴 했는데… 3지망이더라고요."

"3지망이라."

의자에 잠시 몸을 기댄 차 실장이 생각에 잠긴다.

인사팀이라 그런지 이민철에 대한 개인 정보뿐만이 아니라 심곡점에서의 일화도 더러 듣고 있었다.

카페 머메이드와의 계약 체결.

그건 분명…….

'그 친구의 힘이다.'

지금까지 심곡점이 그런 어마어마한 인맥을 숨기고 있었다면 폐장설까지 돌지는 않았을 것이다.

하지만 이민철이 심곡점에 배치된 이후로 지금까지 매출이 쭈욱 상승세를 이어가고 있다.

도대체 무슨 짓을 했길래 본사에서도 포기한 심곡점을 다시 살려낸 것일까.

자세한 상황은 차 실장 또한 알 수 없지만, 분명한 것은 바로 이민철이라는 인물이 지니고 있는 능력이다.

그래서 차 실장은 줄곧 이민철을 자신의 부서로 끌어들일 계획을 꾸리고 있었다.

"어떻게 하실 겁니까, 차 실장님?"

"1지망, 2지망이 아니라 해도 그 친구가 우리 부서에 지원한 것은 사실이야. 남은 것은 뻔하잖아."

차 실장이 자신의 관자놀이를 지그시 누른다.

"다른 부서와 눈치 싸움할 일만 남은 거지."

그는 무슨 수를 써서라도 민철을 인사팀으로 데려올 생각뿐이었다.

"가자."

"예? 어딜 말입니까?"

"어디긴. 홍보팀이지."

차 실장.

인재를 선점하기 위한 그의 욕심 행보에는 거침이 없었다.

＊　　　＊　　　＊

워크숍 이후로 오랜만에 장시간 동안 운전을 통해 도착한 곳은 바로 요 근래 들어 한창 성수기를 맞이하게 된 워터파크였다.

이제 완연한 여름 날씨가 되어가는 시기에 민철은 탈의실에서 수영복을 갈아입고 워터파크 내에서 채린을 기다리고 있었다.

"수영복이라는 게… 참 신기하구만."

레디너스 대륙에서는 이런 소재의 옷도, 그리고 이런 용도의 옷도 없었다.

검은색의 타이즈 사각 수영복이 마냥 신기한 듯 바라보던 민철에게 익숙한 여성의 목소리가 들려온다.

"어딜 그렇게 뚫어져라 보는 거야. 누가 지나가다가 민철 씨 보면 변태인 줄 알겠네."

자신의 하반신을 계속 내려다보고 있던 민철에게 딴지를 건 체린이 핑크색의 비키니 수영복 차림으로 등장한다.

요즘 들어 한창 머리를 기르고 있는 체린이라 머리카락이 허리까지 내려오고 있었다.

그래도 워터파크에서 긴 머리카락은 불편할 거라고 생각한 모양인지 목덜미가 드러나게끔 머리카락을 땋아서 말아 올린 형태를 취하고 있었다.

"오… 좋네."

민철의 시선이 체린의 전신을 쭈욱 훑어보기 시작한다.

그가 레이폰 시절이었을 때에도 체린처럼 몸매도 좋고 미모도 뛰어난 여성은 찾아보기 드물었다. 게다가 체린의 나이를 고려한다면 정말 관리가 잘된 여체라고 할 수 있을 것이다.

"뭐야. 아무리 애인 사이라지만 성추행으로 고소할 수 있다고."

"무서운 말을 하는구만."

"그것보다 빨리 가자. 사람들 모이기 전에 인기 있는 기구
는 다 타봐야지."

어린애같이 기분이 잔뜩 업이 된 체린이 자연스럽게 민철
과 팔짱을 낀다.

바깥에 있을 때에는 이런 애정 행각을 대놓고 펼치진 못했
지만, 역시 복장이 개방적이라서 그런 것일까. 체린의 행동도
조금씩 대담해지고 있었다.

"뭐 탈 건데?"

"나, 저거 타고 싶어."

가장 유명하다고 알려져 있는 워터 슬라이드.

민철의 시선에는 기다란 미끄럼틀로 보이지만, 그래도 재미
는 있어 보인다.

"빨리 가자, 빨리!"

"알았다니까."

체린이 질질 민철의 한 손을 잡고 앞으로 끌고 가기 시작한다.

심곡점에서 나온 이후 연수를 받던 도중 이렇게 시간을 내
체린과 놀러 온 민철은 오랜만에 머리도 식힐 겸 그녀의 응석
에 어울려 주기로 한다.

"더워 죽겠군."

부채질을 하며 사무실 창가를 바라보고 있던 황 부장이 마찬가지로 자신의 책상 위에 놓여 있는 종이 한 장을 다시 응시한다.

차 실장이 받은 종이와 마찬가지로 이번에 본사 채용 인물들이 각자 희망하는 부서를 나란히 정리한 명단이었다.

"총무팀이 인기가 많구만."

가장 많은 지망 수를 차지하고 있는 게 바로 총무팀.

그다음으로 인기가 많은 곳이 바로 인사팀이었다.

"영업팀은 엄청 천대받고 있네요."

지나가던 사원 한 명이 우스갯소리로 말을 던진다.

황고수 역시 딱히 부정할 생각은 없는 모양인지 피식 웃으면서 그의 말에 대답해 준다.

"영업이라는 게 애초에 힘든 일이잖아. 사람 상대하는 일이 다 그렇지만."

"못 볼 꼴 다 보고 더러운 꼴 다 보는 게 영업팀이니까요."

"영업팀으로 근무하면 사람이 저절로 싫어지더군. 그래도 어쩔 수 없지. 거래처 상대도 그들만의 사정이 있고, 우리도 우리만의 사정이 있으니까."

"하하. 황 부장님 말씀 들으면 우리 쪽에 지원할 사람은 아무도 없을 거 같네요."

"더러 있긴 있어. 그래 봤자 남자 사원들이 대부분이고, 최소 1지망은 아니더군."

총무팀이라든지 다른 인기 있는 부서가 아무리 지원자들의 구애를 받는다 하더라도 그들이 전부 신입 사원들을 데리고 갈 수는 없다.

각 부서별로 할당된 인원들은 정해져 있고, 거기서 오차 허용 범위라고 해봤자 1, 2명이 고작이다.

즉, 각 부서별로 원하는 인재상을 데려가기 위해서 서로 눈치 싸움을 해야 한다는 뜻이다.

'이 친구는 전혀 예상치 못한 곳에 지원했군.'

황 부장이 유독 이민철의 지망 목록을 주시한다.

1지망 홍보팀, 2지망 영업팀, 3지망 인사팀.

황 부장이 이끌고 있는 영업팀이 2지망이라는 건 기분이 좋은 일이지만, 그래도 1지망이 아니라는 사실은 조금 거북하긴 마찬가지다.

자신의 예상대로라면 이민철은 분명 영업팀을 지원했으리라고 생각했다.

하지만 예상과는 다르게 그는 홍보팀을 지원했다.

"우리 팀을 1지망으로 지원했다면 100퍼센트 합격일 텐데."

"그 친구 나름대로 의도가 있겠죠. 황 부장님이 가장 노리고 있던 신입 아닙니까?"

"물론이지."

"아무래도 같은 학교 출신이라서요?"

"남이 들으면 위험한 발언을 아무렇지도 않게 하는구만."

"이런… 죄송합니다."

남자 사원이 머쓱하게 머리를 긁적이며 사과한다.

그러나 황 부장은 괜찮다는 듯이 손사래를 칠 뿐이었다.

"부디 꼭 우리 부서로 데려와서 확인하고 싶은 게 있는데."

"무엇을 말입니까?"

"심곡점의 머메이드 계약 건에 대해서."

"아, 그거요?"

머메이드와의 계약건은 본사 내에서도 엄청난 화두에 올랐
다. 본사 영업팀조차 쉽게 성사시키지 못한 일을 폐장 위기에
놓여 있던 심곡점에서 해낸 것이다.

그러나 황 부장은 그게 심곡점의 힘이 아니라는 사실을 눈
치채고 있었다.

황고수 또한 영업팀에서 10년 이상 일해온 사람이다.

그의 눈치도 보통이 아니다.

'이민철, 그 친구가 해낸 거야.'

차 실장과 마찬가지로 황 부장은 이민철의 능력을 믿어 의
심치 않고 있다.

만약 정말로 이민철이 그 거래를 성사시켰다면?

"반드시 데려와야 해. 우리 영업팀으로."

황 부장이 실로 오랜만에 전의를 불태우기 시작한다.

성큼성큼 발걸음을 옮기는 차 실장.

그의 뒤를 따르는 오 대리가 헉헉거리며 차 실장의 뒤를 바짝 쫓는다.

"시, 실장님… 이번에는 또 어디 가십니까?"

"어디긴, 영업팀이지."

"호, 홍보팀 다음은… 영업팀입니까?!"

"그래. 그리고 애초에 홍보팀 수뇌부가 자리를 다 비웠잖아. 이야기할 상대도 없었는데 말짱 꽝이지."

이민철이 1지망으로 꼽았던 홍보팀과 이야기를 해보기 위해 찾아갔던 차 실장이었으나, 부장뿐만 아니라 실장, 그리고 대리까지 싸그리 다 자리를 비운 상태였기에 2차로 영업팀을 향해 이동하고 있었다.

"그 이민철이라는 친구가… 이렇게까지 시간을 할애하면서 저희 팀으로 끌어들여야 할 만큼 대단한 친구입니까?"

"니 녀석도 같이 1차 면접 때 참관해서 알 거 아니냐. 그 신입의 잠재 능력 말이야."

"하지만……."

"딱 잘라 말해주마. 이번 심곡점 거래를 성사시킨 건 그 친구야. 일개 인턴 주제에 그만한 능력을 지니고 있다는 건 보통 놈이 아니라는 뜻이잖냐. 어떻게 해서든 잡아야 해."

"에이, 설마요."

"그러니까 니가 백날 나한테 욕먹는 거다. 인사팀이면서 눈치가 그렇게 없어서야 쓰겠냐."

영업팀 앞에 도착한 차 실장이 아직도 헥헥거리는 오 대리의 머리를 가볍게 때려준다.

"지금 우리에게 필요한 것은 단순히 사람 머릿수 채우려고 넣는 초짜 신입이 아니라, 우리 부서에 정말 필요한 능력을 지닌 '인재'를 뽑는 거다. 잘 기억해 둬라."

사람을 뽑되 인재를 선별해라.

그게 차 실장이 이민철에게 집착하는 이유 중 하나였다.

*　　　*　　　*

영업팀 앞에 선 차 실장.

가볍게 침을 삼키고 부서의 문을 연다.

그러나 열자마자 차 실장의 귓가를 자극하는 건 거의 전쟁터를 방불케 하는 사원들의 목소리였다.

"아니, 지금 그게 말이라고 합니까?! 분명 어제까지만 하더라도 계약 조건 다 맞추고… 네? 저희가 제대로 설명을 안 했다고요? 이제 와서 무슨 발뺌을……."

"여보세요. 지금 그딴 말이 통할 거 같아?! 시간도 얼마 없는데……."

"죄송합니다, 죄송합니다. 당장 알아보겠습니다. 예… 내일까지는 어떻게든……."

전화기를 붙잡고 각자 힘겨운 싸움(?)을 하고 있는 영업부 직원들.

물론 영업팀뿐만이 아니라 다른 부서 역시도 마찬가지다.

매장도 아니고 본사 아니겠는가. 모든 업무를 총괄해야 하는 그들이기에 이런 모습은 허다하다.

"회사가 아니라 전쟁터야, 전쟁터."

차 실장의 말에 뒤따르던 오 대리가 어색하게 웃을 뿐이었다.

인사팀도 이들과 별반 다를 게 없지만, 다른 부서에서 정겨운 장면(?)을 접하니 뭔가 신세가 딱하다는 생각이 들기 시작했다.

성큼성큼 걸어가 의자에 앉은 채 컴퓨터를 두드리고 있던 황 부장을 향해 나아간다.

"안녕하십니까, 황 부장님."

"…오, 차 실장님 아닙니까. 여기에는 무슨 일로 오셨습니까?"

황고수가 컴퓨터 모니터 화면에서 시선을 떼 차 실장을 바라본다.

인사팀 소속의 그는 사실 영업팀과 별다른 접점이 없다.

있어봤자 말 그대로 인사 관련 업무가 아니면 직접 이렇게 부서로 찾아올 일도 없을 것이다.

"잠시 할 말이 있어서 그렇습니다만, 혹시 시간 되십니까?"

"음……."

황 부장이 다시 한 번 차 실장을 응시한다.

그가 찾아온 목표는 대략 황 부장도 알고 있다.

최근 영업팀과 인사팀의 접점이라고 한다면 찾아보기 힘들 만큼 없다.

딱 하나.

영업팀과 인사팀 두 부서만의 이야기가 아니라 모든 본사 부서가 해당되는 사건이 있다.

바로 신입 사원 채용.

"일단 회의실로 들어가죠."

"예, 알겠습니다."

부장도 마침 들어보고 싶은 말도 있기에 자리에서 일어서 이들을 회의실로 안내한다.

*   *   *

"…생각보다 피곤하군."

민철은 나름 체력에 자신이 있다고 생각했다.

그리고 마법을 활용하면 어렵지 않게 컨디션을 회복하는 것도 가능하다. 하지만 평소에도 운동을 꾸준히 해온 민철이었기에 그다지 마법을 활용하지 않아도 오늘 체린의 응석에는 충분히 어울려 줄 수 있을 거라고 생각했다.

그러나.

"뭐야, 벌써 지치면 곤란하지."

휴게실에서 우동 한 그릇을 먹던 체린이 젓가락으로 민철을 가리킨다.

아직 체린의 얼굴에는 '더 놀 수 있다' 라는 오오라가 마구마구 방출되고 있었다.

"민철 씨, 생각보다 체력이 약하네."

"……"

"아니면 이렇게 사람 많은 장소는 싫어하거나 그런 타입?"

"……"

체력이 약한 것도 아니고, 사람이 많은 장소를 싫어하는 것도 아니다.

그저.

새로 접하는 놀이 문화에 지칠 뿐.

그러나 체린은 민철의 약점을 발견한 게 좋은 모양인지 싱긋 입꼬리를 말아 올린다.

"어머, 민철 씨도 거북한 게 있구나. 하도 약점이 없어서 이 사람은 로봇이 아닐까 하는 의심이 들었었는데, 그래도 민철 씨도 사람이라서 다행이야."

"그다지 칭찬처럼 들리진 않는데."

"칭찬이야, 칭찬."

말은 그렇게 하지만 체린의 말은 어떤 의미로 민철에게 남자로서의 자존심을 살짝 건드리고 있었다.

곧장 자리에서 일어선 민철이 체린의 손을 잡고 말한다.

"좋아, 가자고! 워터 슬라이드 10회 타는 거다!"

"자, 잠깐만. 민철 씨?! 탈 수 있는 건 겨우 기다려서 1회밖에 안 되는데……."

"남자 사전… 아니, 이 레이폰 더 데스사이드에게 불가능이란 없다! 가자고 하면 그냥 가는 거야!"

이상한 오기가 발동된 민철 덕분에 결국 체린은 한숨을 쉬며 그의 뒤를 따를 수밖에 없었다.

한편.

"……?"

마침 휴게실 근처를 지나다가 얼핏 '민철 씨'라는 말을 들은 듯한 기분을 느낀 한 여성이 가던 발걸음을 멈춘다.

체린에 비해서는 제법 어린 티가 많이 나는 외모.

희고 고운 피부가 고생이라는 걸 전혀 모르고 자란 듯한 성장 배경을 확인시켜 준다.

살짝 염색한 갈색의 긴 머리카락이 그녀의 움직임에 찰랑거린다.

"왜 그래? 무슨 일이라도 있어?"

그녀의 친구로 보이는 여성이 묻자, 갈색 머리 여성이 주변을 둘러본다.

"방금, 내가 아는 사람의 이름이 불린 거 같아서."

"대학교 동기야?"

"아니, 그런 건 아니고. 할아버지한테 자주 들었던 이름이거든."

"네 할아버님의 친구분이라도 되는 분이야?"

"그건 아니고, 젊은 사람이야. 나도 실제로 만나본 적은 없지만, 워낙 많이 들어서 알고 있어. 이민철 씨라고 해서……."

"에이, 그냥 이름이 비슷한 거겠지. 특이한 이름은 아니잖아?"

"…그런가?"

"빨리 워터 슬라이드 타러 가자. 줄 별로 없을 때 미리 타둬야지."

여성의 재촉에 갈색 머리의 소녀가 고개를 끄덕인다.

"응, 알았어."

우연치 않은 만남.

옷깃만 스쳐도 인연이라 했던가.

'나중에 또 만날 기회가 있겠지.'

그렇게 나름 훗날을 기약하며 갈색 머리의 여성이 자리를 뜨기 시작한다.

"그러니까… 저희 쪽에서 만약 이민철 사원의 지명 순번이 돌아오게 되면 이민철 사원을 포기해 달라는 말씀이십니까?"

"네, 그렇습니다."

"꽤나 무리한 요구를 하시는군요."

황 고수의 입장은 예상대로 완고했다.

이민철.

그는 거의 모든 부서가 탐내고 있는 인재다.

본사 채용에서도 당당하게 최우수 성적을 거두고, 심곡점을 되살린 그를 놓치고 싶은 부서가 어디 있겠는가.

특히나 영업부 입장에서는 가장 최우선으로 탐내고 있는 게 바로 이민철이다.

그가 2지망으로 영업팀을 지원했다는 게 조금 거슬리지만, 그래도 2지망이 어디인가.

하지만 그 마음은 차 실장도 같은 마음이다.

"황 부장님께서 쉽게 제 말에 납득하지 않으실 거라고는 생각하고 있었습니다."

"그렇다면 뭔가 '교섭'이 될 만한 걸 가지고 오셨다는 뜻이겠군요."

"물론이죠."

고개를 끄덕인 차 실장이 내민 카드는 실로 다양했다.

"인사팀에서 지원할 수 있는 거라면 뭐든지 영업 1팀을 최우선적으로 고려하겠습니다."

"오호라."

"인사이동, 휴가 신청 시기, 업무 평가와 심지어 연봉 협상까지. 물론 저희가 전부 정하는 건 아니지만 그에 유리한 평가가 나오게끔 조정해 드릴 의사가 충분합니다."

"연봉 협상이 과연 인사팀의 영향력으로도 작용될 수 있는지가 의문이군요."

"그래서 말씀드린 겁니다. 유리한 평가가 나오게끔 '지원'해 드린다는 말씀을요."

"……."

"잘 생각해 보시기 바랍니다."

인사팀의 권한은 예상외로 막강하다.

물론 감사팀보다는 덜하지만, 인사팀과의 연합은 분명 영업 1팀에 크나큰 유리함으로 작용할 수 있을 것이다.

게다가 회사 내의 각종 행사 때 사회 겸 진행을 도맡고 있는 차 실장이다.

그는 회사 간부들과 얼굴을 마주치는 일이 많다. 즉, 발이 넓다는 뜻이다.

그런 그가 조금이라도 입김을 넣어준다면 분명 도움이 되지 않을까.

그리고 가장 고민되는 게 가급적이면 인사팀과 적으로 돌아서고 싶지 않다는 것이다.

황고수 부장의 모토는 바로 '적을 만들지 않는다' 라고 할 수 있다.

'이민철은 어차피 나와 같은 부서가 될 사람이다. 한경배 회장님이 지원해 주시는 별도의 독립 부서로 인사가 발령되면, 내 밑에서 일하게 될 사람이니 지금 당장 욕심을 부리지 않아도 되지 않을까.'

물론 그 독립 부서가 언제 창설될지는 모르지만, 결코 오래 걸리진 않을 것이다.

서진구 회장 대리가 업무에 익숙해지는 시기까지만 버티면 된다.

그리고 차츰 한경배 회장의 세력을 구축하기 위해 부서가 창설되면, 민철을 자연스럽게 자신의 밑에 둘 수 있다.

서진구 회장 대리로부터 받은 포섭 인재 명단을 보자마자 그는 민철이 들어올 것이란 정보를 미리 접한 상태였다.

지금 당장의 욕심을 버리면 된다.

"좋습니다."

"…정말입니까?"

"예, 저도 가급적이면 인사팀과 사이가 틀어지고 싶지 않으니까요. 만약 저희에게 지명 권한이 들어오게 된다면 영업 1팀은 이민철 지원자를 후순위인 인사팀으로 넘기겠습니다."

"감사합니다, 역시 황 부장님이군요."

사실 차 실장은 황고수가 이렇게 쉽게 지명 권한을 포기할 줄은 몰랐다.

인사팀이 여러 가지 편의를 봐준다고는 했지만, 그렇게까지 많은 영향력을 주진 않을 것이다.

그저 말 그대로 '지원'만 해줄 뿐이지 그게 확실히 성사된다는 건 아니다.

그러나 지원뿐이라 해도 확률상으로는 분명 일의 성사 확률이 상승한다.

황고수 입장에서는 그것만으로도 족하다.

"그럼 기대하고 있겠습니다."

"조심해서 가시길."

어렵지 않게 영업 1팀과의 거래를 성사시킨 차 실장.

뒤따르던 오 대리가 밝은 표정으로 외친다.

"대단합니다, 차 실장님! 그 완고하다던 황 부장님을 쉽게 함락시키다니……."

"아니, 저건 함락이 아니야."

"네?"

"분명 황 부장님은 내가 모르는 정보를 알고 있었어. 저렇게 쉽게 자신의 의견을 굽힐 남자가 아닐 텐데……."

이민철이 해당 부서로 이동할 거라는 사실을 차 실장은 아직 모르고 있었다.

소문으로만 대충 들어서 황 부장을 포함해 굵직한 인사들이 독립 부서로 인사이동을 할지도 모른다는 말은 들었지만, 이제 막 입사한 이민철의 인사이동 여부까지는 파악하지 못한 것이다.

그게 바로 차 실장의 승리 아닌 승리의 요인이었다.

"어쨌든 이제 남은 건 홍보팀이다."

"홍보팀만 잘 설득하면 되겠군요."

"그래. 곧장 가자!"

그렇게 기운차게 발걸음을 내딛기 시작하는 인사팀 수뇌부 일동.

하지만.

결과는 너무나도 예상외였다.

며칠 뒤.

"빌어먹을! 젠장!! 그 여우 같은 녀석!!"

차 실장이 잔뜩 미간을 찡그리면서 머리를 박박 긁어댄다.

본사에 채용된 인원들이 어느 부서로 갈지 최종적으로 결정이 된 것이다.

그리고 이민철은…….

홍보팀으로 배정되었다.

"아, 결국 이렇게 되었네요."

오 대리가 힘이 빠진 듯이 말한다.

실은 차 실장을 포함해 오 대리도 같이 매번 홍보팀에 찾아갔다.

그러나 문제는 거기서 발생한 것이다.

갈 때마다, 계속 갈 때마다 홍보팀 내에서 직급 있는 사람들이 매번 자리를 비운 상태였기 때문이다.

전화상으로 하려고 통화를 시도해 봤지만, 중요한 미팅이 있다고 나중에 통화한다는 말만 되돌아왔다.

결국.

차 실장은 협상 테이블에 상대를 앉히지조차 못하고 두 눈 똑바로 뜬 채 이민철을 빼앗겨 버린 셈이다.

홍보팀 사무실.

의자에 몸을 기대며 늘어지게 하품을 하던 홍보팀 부장, 구인성이 새로 들어올 신입 사원 명단을 바라본다.

옆에서 구 부장의 모습을 응시하던 여사원 한 명이 피식 웃으며 말을 걸어온다.

"결국 구 부장님이 승리하셨네요."

"뭐, 그런 셈이지."

덥수룩한 수염을 긁적이면서 다시 한 번 하품을 시전하는 구인성 부장.

"나는 영업팀의 황 부장이라든지 인사팀의 차 실장마냥 말재주가 있는 것도 아니니까. 그리고 말이야, 가장 중요한 거는 내가 명백히 유리한 위치를 차지하고 있는데 굳이 상대방과 만나 되지도 않을 말싸움을 할 필요는 없다 이거야."

"영업팀까지 쫓아가서 단판을 지은 차 실장님이 엄청 화내시겠네요."

"그 친구가 사서 고생한 셈이지. 일부러 피해 다닌 보람이 있구만. 하하."

말싸움을 할 가치가 없으면 안 하면 그만이다.

그래서 구 부장은 일부러 차 실장이 올 때마다 자리를 비웠다.

"새로 올 이민철, 이 친구가 정말 기대된단 말이지."

전혀 힘 들이지 않고 부서 간의 눈치 싸움에서 승리한 구 부장의 시선이 이민철의 이력서를 뚫어져라 응시한다.

제6장

위밍업

오랫동안 구로역 근처에서 신세를 졌던 혜진의 하숙집과도 이제 슬슬 이별을 준비해야 한다.

　개인 짐을 챙기던 민철에게 혜진이 진심으로 아쉽다는 듯이 다가와 말을 걸어온다.

　"오빠, 정말 나가는 거예요?"

　"아무래도 강남에서 여기까지 왔다 갔다 하기에는 거리가 좀 머니까."

　"그 근처는 집값도 비싸잖아요."

　"마침 괜찮은 매물이 올라왔거든. 잽싸게 계약했으니까 걱정하지 마."

"하아, 이제 썰렁해지겠네요."

혜진의 한숨을 어떤 식으로 받아줘야 좋을지 민철은 난감할 따름이었다.

이제 내일 모래부터 본격적으로 민철은 본사에서 정규직으로 전환되어 정식 사원으로서의 행보를 걸어야 한다.

언제까지 구로 역에서 강남까지 출퇴근을 할 수는 없으니까 말이다.

"그동안 고마웠다. 나중에 시간 되면 또 만나자고."

"…네."

"소수점에서 일하고 있으니까 언제든지 오고 싶으면 와. 거리도 그리 멀지 않으니까 말이야."

"찾아오면 맛있는 거 사주실 거예요?"

"물론이지."

"그럼 기대하고 있을게요."

마치 여동생 같은 혜진의 모습에 민철이 흐뭇하게 미소를 지으며 그녀의 머리를 쓰다듬어 준다.

그리고 하나둘씩 차에 짐을 싣고 하숙집 문 바깥으로 향한다.

혜진의 부모님을 포함해 친언니에게도 작별의 인사를 나누고 차에 오른다.

무거운 짐의 경우에는 미리 택배를 통해서 옮겨뒀기 때문에 간편한 짐들만 차의 뒷좌석과 트렁크에 실어뒀다.

"그럼 가볼까."

그는 시동을 걸고서 익숙하게 운전대를 돌린다.

민철이 이제부터 새로 터전을 잡을 곳은 사당역 근처에 있는 어느 한 원룸이었다.

제법 비싼 원룸이었지만, 그래도 역시 청진그룹이라는 이름값답게 제법 많은 월급을 주는 덕에 돈 걱정 없이 집을 구할 수 있었다.

더욱이 자택이 아니라 직장 때문에 별도로 집을 구해야 하는 사람들을 위해 청진그룹에서 어느 정도 보조금을 지원해주는 제도도 있던 터라 그리 많은 돈을 투자하지 않고서도 거리도 가깝고 원룸의 상태도 괜찮은 장소를 선별하게 되었다.

"짐 엄청 많구만!"

민철의 차가 오기만을 기다리던 한 남자가 트렁크와 뒷좌석을 보자마자 그렇게 감탄사를 자아낸다.

민철이 이 세계로 처음 왔을 때 알고 지내기 시작한 몇 안 되는 인물 중 한 명이며 동시에 현재는 나름 유망주라 불리는 판무협 작가, 최수민이 민철의 이사를 도와주기 위해 파견되었다.

사실 민철이 먼저 연락해 수민에게 도와달라는 말은 하지 않았지만, 혜진에게서 자신은 민철의 이사를 도와줄 수 없으니까 수민에게 대신 연락해 오빠라도 도와주라는 협박(?)을 받았기에 이렇게 직접 찾아온 것이다.

"요즘 여자애들은 무섭단 말이야."

"하하, 그러게요."

"짐은 이게 다야?"

"네. 나머지는 택배로 다 부쳐뒀어요."

"오케이. 금방 끝내 버리자."

수민과 민철이 각자 짐을 나눠 3층에 위치한 민철의 집으로 향한다.

엘리베이터가 있기에 굳이 계단을 이용하지 않고서 충분히 쉽게 짐을 옮길 수 있었다.

"이게 마지막인가?"

수민이 들고 올라온 짐을 가리키며 묻자, 민철이 고개를 끄덕인다.

"네. 수고하셨습니다, 수민이 형."

"뭘 이런 거 가지고. 오랜만에 몸 쓰는 일 하니까 나도 좋다. 맨날 컴퓨터 앞에 앉아서 키보드나 두드리는 일이니까 이렇게 직접 육체노동 할 기회가 있으면 열심히 해야지. 안 그러면 몸 망가진다고."

"헬스라도 다니시는 게 어때요?"

"내가 이렇게 보여도 의지가 엄청 약하거든. 등록하고 한 10일 나가면 많이 나간 거다."

"확실히 그건 좀 문제가 있네요."

큭큭 웃으면서 미리 편의점에 들러 사 온 음료수를 내민다.

"시원할 때 마시세요."

"설마 이걸로 퉁치려고 하는 건 아니겠지?"

"에이, 설마요. 점심 정도는 사드릴게요."

"그걸 기다리고 있었다."

"근처에 나가서 먹을까요?"

"아니, 움직일 여력도 없으니까 그냥 짱깨나 시켜 먹자."

"네. 뭐 드실 거예요?"

"짜장. 물론 탕수육도 시키는 거다?"

"알겠습니다. 하하."

이삿짐을 나른 뒤 제법 늦은 점심을 주문하는 민철.

오랜만에 만난 수민이와 이런 저런 세상 돌아가는 이야기를 하면서 시간을 때우기 시작한다.

＊　　　＊　　　＊

"어디 보자, 어디 보자, 어디 보자……."

의자에 몸을 깊게 묻은 홍보팀 부장, 구인성이 늘어지게 하품을 하면서 서미나 대리가 건네준 결재 서류를 받아 든다.

"이런 경비 지출이 있었나?"

"부장님이 직접 미팅 때 사용한 지출 내역도 기억 안 나시면 곤란해요."

"알았어, 미안해, 미안."

살짝 눈꼬리가 올라간 소미나 대리에게 어영부영 사과하는 구인성이었다.

서미나. 여성이면서 우수한 업무 처리 능력으로 현재는 대리직을 맡고 있다.

내년이면 30살이지만 아직까지 연애 경험은 전무(全無). 깐깐한 그녀의 성격도 한몫하는 탓도 있지만, 무엇보다도 그녀 본인이 연애에 대한 관심이 전혀 없다.

노처녀 히스테리라 불릴 만큼 까탈스러운 면도 있기에 구부장도 가끔은 피해 가고 싶은 인물 중 한 명이기도 했다.

"뭐, 대충 올려 버리면 총무과에서 알아서 처리하겠지."

"그러다가 또 불려 가서 한 소리 들어도 몰라요."

"알았다니까. 그나저나 우리 귀여운 신입들은 언제부터 출근한대?"

"내일모레부터요."

"얼마 안 남았구만."

"이번에 새로 들어오는 신입 사원이 누군지는 알고 있어요?"

"물론이지. 이민철이잖아."

본사 내에서도 꽤나 유명한 인물이라서 웬만한 본사 직원들은 다 알고 있는 신입 사원 이름이기도 하다.

"다른 한 명은요."

"한 명이 더 있었나?"

"총 두 명이에요. 김대민 씨요. 잊으셨나요?"

"아아, 그랬었지."

"어휴. 조금은 관심을 좀 가지세요."

"잔소리하는 사람은 마누라 한 명만으로 족하다고."

"……."

할 말을 잃은 서 대리가 자신의 머리카락을 쓸어내리며 깊은 한숨을 내쉰다.

"알았어요. 우선 그 결재 서류 좀 확인해 주세요."

"오케이."

일단 월급은 받고 있으니까 일은 해야 하지 않겠나.

제대로 다듬어지지 않은 거친 턱수염을 매만지며 서류의 바다에 항해할 준비를 마친 구 부장의 눈동자가 빠르게 굴러간다.

곁에서 그 모습을 보고 있던 유문주 실장이 혀를 차면서 작게 말한다.

"부장님이 겉으로는 엄청 허술해 보여도 일은 정말 잘한단 말이야."

"그러니까 부장 자리를 맡고 계시겠죠. 그것보다 유 실장님. 어제 또 술 마셨나요?"

"어떻게 알았어?"

"술 냄새가 아직도 나서요."

"이런. 집에 들어가기 전까지 어떻게든 냄새 지워야 하는데. 또 여보야한테 잔소리 들을라."

"집에 안 들어가셨어요?"

"들어가기 귀찮더라고. 그래서 그냥 사무실에서 잤어."

"어휴……."

거의 외근을 전담하다시피 하고 있는 유문주 실장.

유흥 문화의 마스터라 불리며 거의 접대로 보자면 신이라 불릴 만큼 크나큰 성과를 거두고 돌아온다.

깐깐한 서 대리 입장에서 유 실장의 이런 행태를 두고 크게 뭐라 하지 못하는 이유가 여기에 있다.

술 접대도 중요한 미팅 업무의 일환.

그게 바로 유문주 실장의 마인드였기 때문이다.

"집에 못 들어간 거는 나도 마찬가지야."

턱수염을 매만지던 구 부장이 결재 서류를 책상 위에 올려놓는다.

"전속 홍보 모델과의 계약이 만료되었잖아. 새로운 홍보 모델을 구해야 하는데 말이지."

"그것 때문에 밤을 새우셨나요?"

"뭐, 그것도 있고. 여러 가지 있었지."

대기업 부장이라고 다 그렇게 좋은 일만 하는 건 아니다.

깨끗하지 못한 일도 아무렇지도 않게 해결해야 하는 게 바로 구 부장의 일이다.

"영업팀만큼이나 우리도 더러운 사회의 오물 위를 걷는 이들 중 한 명이니까."

"……."

"아무쪼록 신입 교육 잘 시켜두라고. 괜히 첫 직장에서 엄청난 실망감을 느끼고 좌절하게끔 만들지 말고."

"저도 잘 알고 있어요."

구 부장이나 유 실장이나 이 바닥에서 나름 오랫동안 일해 온 베테랑들이다.

그에 비해 서 대리는 이제 근 5년 차가 되었을까.

허술해 보이는 이 두 사람이지만 내공은 장난이 아니다.

'알다가도 모를 사람들이라니까.'

그렇게 생각한 서 대리가 다시 자신의 자리로 돌아간다.

이렇게 서로 대화나 나누고 있을 시간에 조금이라도 일을 해야 하기 때문이다.

오늘도 야근은 가급적이면 피하고 싶으니까.

본사 출근 당일.

드디어 정식으로 정규직 전환에 성공한 민철이 성큼성큼 회사 로비 안으로 걸음을 옮긴다.

항상 건물 안으로 들어설 때마다 만나는 안내원 아가씨와도 가볍게 인사를 나눈다.

"오늘부터 출근이시네요. 축하드려요, 민철 씨."

"감사합니다."

"홍보팀이라고 들었는데 맞죠?"

"네."

"예상외네요. 회사 사람들은 전부 다 민철 씨가 영업팀으로 지원할 거라고 생각했었는데."

"젊었을 때 여러 가지를 경험하고 싶으니까요. 그럼 먼저 실례하겠습니다."

"네, 일 열심히 하세요~"

살짝 손을 흔들어주는 안내원 아가씨를 뒤로하고 엘리베이터에 탑승한다.

역시 한창 출근 시간이라 그런지 엘리베이터 안에는 다수의 회사원들이 뭉쳐 있었다.

엘리베이터 개수가 총 5대가 돌아가고 있음에도 불구하고 사람은 거의 만원을 이룬다.

겨우겨우 홍보팀 부서가 있는 5층에 도착한 민철이 가볍게 한숨을 내쉬고 다시 양복의 옷매무새를 정돈한다.

정식 출근 시간은 9시까지.

그러나 민철은 심곡점에서도 이미 보여줬다시피 8시 20분 정도에 조기 출근을 하게 된다.

'설마 그때처럼 또 사무실 문이 잠겨 있거나 그러진 않겠지?'

너무 일찍 온 탓에 매장 문이 잠겨 있어서 안으로 들어가지 못했던 옛 기억을 떠올리며 사무실의 문고리를 잡는다.

'당기시오' 라는 팻말의 문구 그대로 문을 자신의 몸 쪽으로 서서히 당겨본다.

그러자 부드럽게 열리는 사무실의 문.

'누군가가 먼저 와 있다는 뜻이군.'

심곡점 첫 출근 때의 악몽이 되풀이되는 것 같지는 않아서 우선 안심하게 된다.

안으로 들어서자 기다리고 있던 인물은 바로 자신과 같은 부서로 배정된 김대민이었다.

"오, 민철 씨!!"

"반갑습니다, 대민 씨."

"민철 씨랑 같은 부서라는 말이 마음이 얼마나 든든한지 모르겠어요. 정말 다행입니다, 하하!"

호쾌하게 웃어 보이는 대민도 대민이지만, 민철은 그것보다 사무실 한가운데에서 양치질을 하고 있는 한 남자를 주시한다.

덥수룩한 머리에 제대로 정리되지 않은 수염까지.

누가 봐도 오늘 사무실에서 철야를 한 사람으로밖에 보이지 않는다.

"오, 네가 이민철인가 보구나."

칫솔을 입안에서 잠시 뺀 뒤, 입을 헹군 다음에 뒤처리까지 끝낸 남자가 손을 내민다.

"홍보팀의 구인성 부장이다. 앞으로 잘 부탁한다."

"안녕하세요. 저야말로 잘 부탁드립니다."

초면에 자연스럽게 말을 놓는 구 부장이 슬쩍 웃으면서 대민과 민철을 바라본다.

"그럼 일찍 출근도 했으니 뭔가 하나 물어볼 게 있는데 말이야."

구 부장이 자신의 책상 위에 올려져 있는 다수의 사진들을 펼쳐 놓는다.

전부 다 누구나 들어봤을 법한 유명 연예인들의 실물 사진이었다.

"이중에 평소 마음에 들었던 연예인이 있으면 한 명씩만 골라봐."

"음……"

왜 이런 걸 묻는지 모르겠지만, 우선 대민이 거침없게 모 걸
그룹 아이돌을 고른다.

뒤이어 민철도 비슷하게 여성 한 명을 픽업한다.

그와 동시에 구 부장이 싱긋 웃어 보인다.

"그 사람들이 마음에 드나?"

"일단 사진상으로는 말이죠."

민철의 말이 끝나자마자 기다렸다는 듯이 구 부장의 충격
적인 말이 이어진다.

"그럼 자네들이 한번 도전해 보겠나?"

"무엇을… 말씀이십니까?"

불안한 시선으로 묻는 대민에게 별거 아니라는 듯이 답변
을 들려주는 구인성 부장.

"우리 제품을 홍보할 연예인 홍보 모델 계약 체결 말이야."

이민철과 김대민의 첫 출근.

그러나 이들의 첫 출근을 기다리고 있던 것은 실로 어마어
마한 숙제 더미였다.

*　　　*　　　*

"너희들이라면 어떻게 하겠나?"

"……"

말문이 막힌 이들.

그저 좋아하는 이상형이라든지, 아니면 선호하는 연예인을 고르라는 단순한 취향 문제인 줄 알았는데, 대뜸 이걸로 계약을 따 오라고 제안한 것이다.

신입 사원에게 이런 일을 맡긴다는 것 자체가 애초에 말이 안 된다.

상식적으로 구 부장이 지금 신입 사원들을 데리고 심심풀이로 장난을 치고 있을 거라는 생각은 머릿속에서 들고 있지만, 민철은 단순히 이게 장난이라고 생각하지 않았다.

'테스트인가.'

홍보팀에 지원했고, 이들이 본사 채용에 성공했다는 증명을 했음에도 불구하고 각 부서별로 적합한 인재가 있게 마련이다.

제아무리 민철이 우수한 성적을 거둔 이라 하더라도 홍보팀에 어울리지 않으면 말짱 꽝이다.

그렇다면 그 사원은 다른 부서로 이동을 시켜야 함이 정상이다.

구 부장은 초반부터 홍보팀과 맞지 않는 이들을 거르기 위해 이런 질문을 한 것일지도 모른다.

이들에게 필요한 것은 차 실장이 생각했던 것과 마찬가지로 머릿수를 채우기 위한 사람이 아니라 정말 도움이 되는 신입 사원이다.

"구 부장님의 말씀대로라면, 저 같은 경우에는 사람 선택을 다시 해야 할 거 같습니다."

"그래?"

구 부장이 민철의 말에 귀를 기울이기 시작한다.

"예. 만약 해당 제품의 홍보 모델로 적합한 인물이라는 질문을 사전에 하셨다면, 저는 다른 인물을 뽑았을 겁니다."

"좋아. 그럼 에어컨으로 하지. 이제 슬슬 완벽한 여름 시기도 다가오니까. 자, 너희들은 에어컨을 팔아야 한다. 그리고 이 에어컨을 팔기 위해서는 우선 적합한 연예인을 선정해야 하지. 너희라면 누굴 고르겠냐."

"저는 이 사람을 뽑겠습니다."

민철이 곧장 선택한 인물은 바로 우리나라에서 마린보이라 알려져 있는 박태안 선수였다.

처음 여성 연예인을 골랐던 것과는 다르게 스포츠 선수가 나오자 구 부장이 민철의 의도를 묻는다.

"왜 뽑았는지 물어봐도 될까."

"박태안 선수는 한창 주가를 올리고 있는 수영 선수입니다. 수영의 불모지인 우리나라에서 홀로 독보적인 기록을 세우며 앞서가고 있지요. 얼마 전에 있었던 아시아 게임에서도 우수한 성적을 거뒀을뿐더러, 수영이라는 종목 자체가 물과 연관

되어 있어 여름이라는 이미지와 잘 맞을 거라 생각합니다."

"과연… 하지만 말이야."

구 부장이 덥수룩한 수염을 매만지기 시작한다.

"같은 선수 중에서 동계 종목으로 가장 유명한 선수를 뽑으라 한다면 김연하 선수가 있을 텐데 왜 군이 박태안 선수를 뽑았지?"

"가장 적합한 인물로는 사실 피겨스케이트의 여왕이라 불리는 김연하 선수를 뽑고 싶었지만, 가격대를 고려하면 김연하 선수보다는 아무래도 박태안 선수가 더 싸게 먹히지 않을까요."

"그렇군."

"더욱이 박태안 선수의 외형라면 엘리트이면서 신뢰 있는 청진전자의 이미지를 잘 형상화시킬 수 있다고 생각합니다. 기본적으로 골격이 있고 체격이 든든한 남성은 믿을 수 있어 보이는 이미지를 풍기기 때문입니다. 가장 중요한 점은 박태안 선수의 이미지입니다. 국민을 상대로 올바른 청년이라는 이미지를 가지고 있기에 노력하는 그의 모습이 미래를 향해 달려간다는 청진전자의 슬로건과 적합하다고 생각합니다. 그런 면에서 저는 김연하 선수보다 박태안 선수를 고를 거 같습니다."

"하긴, 김연하 선수는 예전에도 우리와 계약을 맺었던 경험이 있긴 하지만 몸값이 너무 비싸졌어. 우리가 대기업이라 하더라도 엇비슷한 홍보 효과를 낼 수 있는 두 사람을 놓고 비교했을 때 월등하게 몸값이 치솟고 있는 사람을 고르기보다는 가급적이면 상대적으로 섭외 비용이 싼 쪽을 고르는 게 적합하지. 최소한의 비용으로 최선의 효율을 창출한다. 그게 바로 기업인의 기본적인 마인드니까."

납득했다는 듯이 고개를 끄덕이는 구 부장.

민철의 청산유수와도 같은 말에 잠시 심취해 있던 구 부장이 이번에는 대민에게 고개를 돌린다.

"자네도 같은 생각인가?"

"예?! 아… 저, 저 같으면 말이죠! 그… 걸그룹 좋지요, 걸그룹!"

"하하하! 좋지, 걸그룹. 참고로 어느 쪽이 좋은가?"

"저는 아무래도 걸스투데이가……."

"이 친구, 나랑 취향이 딱 들어맞네."

"오옷?! 정말입니까! 개인적으로 저는……."

서로 그렇게 걸스투데이를 놓고 누가 좋니 누가 매력적이니 하는 이야기를 장장 30분 동안 나누기 시작한다.

민철은 가볍게 어깨를 으쓱하며 그들의 대화에 잠자코 귀를 기울이는 척하면서 사무실의 주변을 둘러본다.

역시 대기업답게 사무실은 제법 크다.

심곡점에 명맥상 사무실이라는 명패만 걸려 있던 협소한 공간에 비해서는 비약적으로 넓고, 고층 건물인지라 시야도 갑갑하지 않을 만큼 트여 있었다.

'일할 맛이 나긴 하겠네.'

아직 자리 배정은 받지 못했지만, 민철은 가급적이면 창가 근처로 자리를 잡고 싶다는 마음이 강하게 들기 시작했다.

물론 개인적인 욕심이지만 말이다.

하늘이 도운 것일까.

아니, 민철에게 내기를 걸어온 고차원적 존재가 그의 마음에 응답해 준 것일까.

원인은 모르겠지만, 민철이 아침부터 오자마자 이 홍보부에 바라고 있던 바로 그 자리에 배치되는, 예상치 못했지만 바라 마지 않던 일이 생기게 되었다.

"민철 씨는 이 책상 쓰시면 돼요."

서 대리의 지시에 민철이 고개를 끄덕이면서 책상을 바라 본다.

아침부터 민철이 탐내고 있던 바로 그 창가 근처 자리다.

"자리는 마음에 드시는지 모르겠네요."

"무척 마음에 듭니다."

"창가 근처에 있다고 해서 마냥 좋은 건 아니에요. 지금처럼 더운 날에는 햇빛도 가끔 빠져나올 수 있어서 덥고, 그리고 소음도 잘 들리거든요. 건물 바로 바깥에 차들이 엄청 많이 다니잖아요? 그런 것 정도는 감안하는 편이 좋아요."

"감사합니다."

그렇게 말하면서 민철은 속으로 승리의 미소를 지어 보인다.

어차피 소음이라든지 온도 차이 정도는 마법으로 쉽게 극복이 가능하다.

빙결 계열 마법을 사용하면 민철의 주변 일대를 시원하게 만들 수 있다. 에어컨을 틀어놓는 것보다 아마 더 효율적이지 않을까 생각한다. 물론 1인 기준으로 봤을 때 그렇지, 지금처럼 사무실 전역을 시원하게 만들려면 에어컨이 더 효과적이다.

그리고 소음 또한 마법으로 차단해 버리면 그만이다. 사일 런스 마법을 창가 근처에 걸어두면 소음이 민철의 업무를 방해할 일은 없을 것이다.

주기적인 마나 소모가 문제인 터라 민철은 나중에 사무실에 아무도 없을 때 마법진을 미리 그려두는 편이 좋을 거라는 생각을 추가적으로 하게 된다.

"더 필요하신 게 있으면 말해주세요."

"감사합니다, 서 대리님."

깐깐하게 생겼지만 그래도 제법 마음씀씀이가 있어 보이는 여성이다.

가끔 노처녀 히스테리를 부리곤 한다는 말을 선배 사원한테서 들은 바가 있긴 해도 그건 재주 좋게 피해 가면 그만이다.

"그리고 대민 씨는 여기 이 책상 사용하면 돼요."

"네, 감사합니다!"

대민이 우렁차게 기합을 내지른다.

다른 사람에 비해 목소리가 월등히 큰 대민이었기에 서 대리가 살짝 인상을 찡그리며 귀를 막는다.

"저 귀 안 막혔으니까 목소리는 굳이 크게 안 해도 돼요."

"이, 이런… 죄송합니다."

"…다음부터는 주의해 주세요."

초반부터 서 대리에게 찍혀 버린 대민.

그 모습을 바라보고 있던 민철이 자신의 관자놀이를 누른다.

패기 있는 신입 사원의 모습을 보여주는 건 좋다.

하지만.

'무조건 패기 있는 모습을 보여준다고 전부 좋은 효과를 내는 건 아닙니다, 대민 씨.'

그렇게 말해주고 싶지만 지금 정황상으로는 전음이 아니고서는 전달해 줄 방법이 없기에 그저 속마음으로만 삭이고 만다.

서 대리의 자리 지정이 끝난 뒤, 그들을 담당하게 될 사수가 정해지기 시작한다.

민철의 사수는 이들보다 1년 먼저 입사한 강태봉 사원.

그리고 김대민의 사수는 바로 서미나 대리가 맡게 되었다.

"잘 부탁해요, 민철 씨."

"저야말로 잘 부탁드리겠습니다, 선배님."

"하하… 선배님이라고 불리니까 뭔가 좀 쑥스러운데요."

이름에 맞지 않게 약간 소극적인 면모가 보이는 강태봉이 자신의 머리를 머쓱하게 긁적이면서 민철에게 말한다.

사람에게는 각각 고유의 아우라가 존재한다.

민철의 세계에서는 그걸 마나의 일부라고 표현했지만, 현실 세계에서는 마나의 존재를 아는 자는 없어 보인다.

이 아우라를 통해 민철은 강태봉의 사람됨을 어느 정도 파악할 수 있었다.

대민과 상반되는 존재라고 할까.

매사에 자신감이 없어 보이고 쓸데없이 눈치를 많이 본다.

그 증거로 민철과 눈을 자주 마주치지 못한다.

이런 행위는 자신감이 없는 사람들에게서 나오는 무의식적인 습관이다.

사수가 약간 못 미덥긴 하지만, 그래도 서 대리가 사수를 맡는 것보다는 나을 거라 생각한 민철이었다.

반면, 대민은 아침부터 서 대리에게 구박을 받기 시작한다.

"대민 씨, 사무실 공용재는 사용하고 바로 원래 자리로 돌려놓으라고 말하지 않았나요?"

"죄송합니다!!"

"그러니까 목소리 좀 제발 낮추세요! 귀청 떨어질 거 같아요!"

"죄, 죄송합니다……."

벌써부터 옥신각신하는 김대민 & 서 대리 페어에 구 부장이 키득키득 웃기 시작한다.

"이거 참, 우리 신입은 너무 기운이 넘쳐서 큰일이구만."

"구 부장님, 남의 일처럼 말씀하지 말아주실래요?! 우리 신입 사원이라고요, 우리 홍보팀이요!"

"알았어, 알았어. 나도 최대한 알려줄 수 있거나 지원해 줄 수 있는 거는 도와줄게. 같은 걸스투데이 팬으로서 안 도와줄 수 없지."

구 부장이 엄지손가락을 추켜올리자, 대민이 마주 싱긋 웃어주며 구 부장을 따라 마주 따봉을 선사한다.

두 사람의 어이없는 콤비네이션을 보고 있던 서 대리가 깊은 한숨을 내쉬면서 단아하게 정돈되어 있던 숏컷 머리카락의 끝을 매만진다.

아마 당황하거나 아니면 심적으로 불편할 때 나오는 습관인 것으로 보인다.

'저건 미리 알아두는 편이 좋겠구만.'

먼발치에서 서 대리의 당황할 때 나오는 무의식적인 습관을 관찰하던 민철이 머릿속이 각인을 시켜둔다.

사람의 감정 표현이 습관으로 나오는 것만큼 훌륭한 정보도 없다.

실시간으로 그 사람의 감정을 캐치하면서 기분을 맞춰주거나 할 수 있는 용도로 사용 가능하기 때문이다.

쉬는 시간.

민철과 대민이 휴게실에서 모여 커피 한 잔을 기울이기 시작한다.

흡연실이기도 하기에 대민이 담배 한 대를 입에 물며 한숨을 내쉰다.

"너무 걱정하지 마세요, 대민 씨."

민철이 소소하게 위로를 해준다.

그도 그럴 것이, 첫 출근부터 사수에게 대판 찍혔는데 기분이 좋을 리가 없지 않은가.

하지만.

"민철 씨, 저 큰일 났어요."

"왜요?"

"그게 말이죠……."

다시 한 번 깊게 담배 연기를 내뱉은 대민이 자신의 속내를 털어놓는다.

"아무래도 저 말이죠, 서미나 대리님에게 반한 거 같아요."

"……."

민철의 말문이 막힌다.

그가 이 세계로 온 이후 가장 황당한 순간이 아닐까 싶을 정도였다.

*   *   *

진지하게 말하는 것으로 보아서는 아마 거짓이 아니라 진실이리라.

그렇게 생각한 민철이 이마에 살짝 맺힌 땀방울을 대민이 눈치채지 못하도록 몰래 손등으로 훔친다.

'이상한 취향이로구만.'

그렇다고 서 대리가 뚱뚱하다든지 못생겼다든지 하는 그런 외형적인 특이함을 지니고 있는 건 아니다.

오히려 겉으로 봤을 때에는 미인 축에 속한다.

하지만 지금까지 민철이 그녀를 관찰한 결과, 성격이 너무 문제다.

오랜 회사 생활로 인한 스트레스 때문일까. 여성의 히스테리는 절대로 무시하지 못한다.

톡톡 쏘는 말투에 깐깐한 성격이 그녀의 매력을 깎아먹는다고 생각했던 민철이었으나, 오히려 그게 플러스 요소로 작용해 더더욱 매력적이라고 느끼는 등장인물이 바로 옆에 있을 줄은 몰랐던 것이다.

"어떻게 합니까? 민철 씨."

"그, 글쎄요……."

좀처럼 보기 힘든 민철의 당황스러운 모습이었다.

3번의 면접에도, 서진구와의 협상 테이블에서도, 그리고 돈냥 대표와의 단판 승부에서도 절대로 밀리지 않았던 그가 처음으로 말문이 막혀 버린 것이다.

'달변가라는 호칭이 울겠네.'

머리를 긁적이던 민철이 다시 평정심을 되찾는다.

말이라는 것은 무궁무진한 범위를 자랑한다.

업무적인 면이든, 사적인 면이든, 연애적인 면이든.

연애 상담 또한 민철이 전혀 꿀릴 게 없다.

왜냐하면 상담이라는 것 자체도 역시 '말'이 주 요소를 이루는 행동이기 때문이다.

"서 대리님의 어디가 그렇게 좋으십니까?"

"성격이요."

"……."

안 된다.

이 남자는 틀려먹었다.

전형적인 마조의 성향을 지닌 놈이다.

민철이 다시 한 번 말문이 막힌다. 외형이라고 한다면 나름 납득을 하려 했다. 몸매도 좋으니까. 그리고 미모도 한 미모 한다.

하지만 성격은 도저히 민철로서 납득할 수 없었다.

레디너스 대륙으로 보자면 미의 기준은 외형, 그리고 현모 양처 타입의 성격이었다.

여성은 참하고 얌전해야 한다는 사상이 레디너스에서는 유행적으로 번지고 있었기 때문이다.

사실 민철은 이 세계로 오고 나서 자유분방한 여성들의 성격에 놀란 적도 있었다.

그러나 이내 개성이라 인정하고 지금까지 적응하려 노력해 왔지만, 대민처럼 그런 성격의 여성에게 적극적으로 구애하는 남자는 처음 접하게 된 셈이었다.

"민철 씨, 여자친구 있으십니까?"

"네… 뭐……."

"어떤 식으로 고백했습니까?! 제가 모태솔로라서 그런지 그

런 건 전혀 모르겠습니다!'

'아니, 모르는 게 정상이지.'

대민의 성격까지 고려하자면, 예상외로 서 대리와 잘 맞을 수도 있을 거라는 생각을 품기 시작한 민철이었다.

그래도 다행이라고 해야 할까.

서 대리에게 제대로 찍혀서 풀이 죽어 있는 것보다는 나은 현상이라 생각했기 때문이다.

"차근차근 대민 씨가 서 대리님의 마음에 쏙 드는 모습을 보여주면 자연스레 서 대리님에게 호감을 안겨줄 수 있지 않을까요."

"정말입니까?"

"네. 연애라는 것도 결국은 인간관계입니다. 좋아하는 이성이 있다면 그 이성에게 자신의 존재감을 어필함과 동시에 호감을 쌓으면 됩니다. 호감이 정점(MAX)에 이르렀을 때 고백이라는 수단으로 한꺼번에 팡! 터뜨리면 되는 거죠."

"오오… 과연!"

"물론 그 호감도를 높이려면 일단 회사 업무부터 잘해야 될 거 같습니다. 서 대리님이 하는 말에 잘 따르고요."

"알겠습니다요!"

다시 대민의 기운이 살아나기 시작한다.

단순해서 참 좋은 남자라고 생각한 민철이 대민의 널찍한 어깨를 토닥여 준다.

홍보팀의 점심시간.

이제 막 홍보팀으로 입사한 신입 사원의 신분이기에 아직 민철과 대민에게는 커다란 업무가 떨어지지 않는다.

대신 잡다한 일을 천천히 배워가는 단계일 뿐.

"이 복사기는 말이죠……."

강태봉 사원이 민철과 대민을 데리고 와서 사무실 구석에 있는 복사기를 가리킨다.

"좀 낡아서 버튼을 연속으로 빠르게 누르면 작동이 멈추는 경우가 간혹 있어요. 그러니까 조금 텀을 두고 버튼을 누르는 편이 좋아요. 괜히 멈추면 전원 껐다가 다시 작동하기까지 10분이나 걸리거든요."

"우와……."

대민이 무의식적으로 탄성을 자아낸다.

그 탄성에는 아마 '이렇게나 치명적인 오류가 있는데 왜 새로 안 삽니까?'라는 질문이 내포되어 있을 것이다.

그 의미를 대략 눈치챘는지 태봉이 어색하게 웃으면서 복사기의 버튼을 누른다.

"신청은 했지만 바로바로 교체되진 않거든요. 본사에는 저희 말고 부서가 수십 개나 더 있으니까요. 영업팀만 하더라도

3팀까지 있는데 다른 부서까지 통합하면 어마어마할걸요?"

"그, 그렇군요."

"그래도 언젠가는 교체해 주겠죠. 복사기 사용은 이것만 유의해 주시면 돼요."

강태봉의 마지막 말에 모두가 고개를 끄덕인다.

"그리고 이쪽은… 일종의 주방인데요. 냉장고 안이라든지 옆에 인스턴트 커피도 있으니까 마음대로 드시면 돼요. 아, 냉장고 안에 있는 것 중에 쮸쮸바 계열의 아이스크림이 있으면 함부로 먹으면 안 돼요. 주로 유 실장님이 개인적으로 먹으려고 사다가 넣어두신 물품일 가능성이 크거든요."

"쮸쮸바요?"

"그분이 보기와는 다르게 아이스크림을 엄청 좋아하거든요. 막대 아이스크림도 아니고 쮸쮸바를 엄청 좋아하시더라고요. 특히나 초코 맛이요."

사람 사는 곳에는 다양한 개성을 지닌 사람들이 존재한다.

민철은 오늘 그 사실을 유감없이 체험하고 있었다.

"그리고 특별히 주의해야 할 건 없어요. 만약 회사에서 야근을 한다든지 아니면 점심 때 바깥에 나가서 먹지 않고 안에서 시켜 먹을 일이 있으면 냉장고에 붙어 있는 여기 가게 번호들을 보시고 주문하시면 돼요."

"네, 알겠습니다."

"그러고 보니 곧 점심시간인데… 부장님. 식사 어떻게 하실 건가요?"

의자에 누워서 늘어지게 하품을 하고 있던 구 부장이 반쯤 감긴 눈으로 말한다.

"뭐 먹고 싶은 거 있냐?"

"구 부장님이 쏘시는 겁니까?"

기회를 틈타 유 실장이 재빠르게 몰아가기를 시전한다.

"이 녀석이……."

"헤헤. 한 턱 쏘시지 말입니다."

"알았다, 알았어. 살 테니까 먹고 싶은 거 후딱 정하기나 해."

별일이라는 듯이 구 부장을 바라보던 서 대리가 눈을 흘기며 다시 한 번 확인을 받아낸다.

"그 말, 나중에 가서 물리기 없기예요."

"남자가 한 입 가지고 두말하나."

"저번에는 지갑 놓고 왔다면서 제가 계산했었잖아요."

"대신 지결로 처리했잖아. 아직까지 그걸 담아두고 있었어?"

"워낙 충격적인 일이었으니까요. 저한테는 말이에요."

"오늘은 걱정하지 않아도 되니까 후딱 가자고. 회사에서 점심시간을 낭비하는 일만큼 인생에서 손해 보는 일은 없다고."

결국 구 부장이 쏘기로 여론이 형성된다.

태봉이 가볍게 한숨을 내쉬며 민철과 대민에게 묻는다.

"먹고 싶은 거 있나요?"

"저는 딱히 가리는 건 없습니다."

"저도 무엇이든 잘 먹습니다."

두 신입 사원은 여론에 따르겠다는 말과 함께 자신의 의견을 죽인다.

실제로도 딱히 먹고 싶은 건 없었고, 그리고 무엇보다도 이들이 바깥에서 밥을 먹을 때 어디서 무엇을 주로 먹는지 알아두고 싶었기 때문이다.

"그럼 일단 나가자."

"네."

구 부장을 비롯해 대략 9~10명의 사원들이 그를 따른다.

사무실 바깥으로 나올 때에도 전쟁은 계속해서 이어진다.

이름하야 엘리베이터 전쟁!

"5대나 운영하고 있는데 왜 이놈의 회사는 항상 엘리베이터가 미어터지는 거야."

구 부장의 불만에 서 대리가 논리를 가미해 설명에 임하기 시작한다.

"점심시간을 낭비하는 일만큼 인생에서 손해 보는 행동도 없다면서요."

"뭐… 그렇긴 하지."

"구 부장님이랑 같은 사상을 가지신 분들이 많다는 뜻이겠죠."

엘리베이터가 내려오기만을 기다리는 이들.

이미 상층에서 잔뜩 엘리베이터를 타고 내려오는 또 다른 이들과 어영부영 섞이게 된다.

그때, 구 부장을 향해 한 남성이 손을 흔들어 보이며 알은척을 한다.

"오, 구 부장."

"아니, 황 부장 아니야?"

영업 1팀의 부장직을 맡고 있는 황고수가 홍보팀과 마주친 것이다.

엘리베이터에 탑승하면서 민철도 자연스럽게 황 부장에게 인사한다.

"오랜만입니다, 황고수 부장님."

"나야말로 오랜만에 얼굴 보는구만. 그래, 홍보팀에 들어갔다고 들었는데 정말이로군."

"네, 그렇습니다."

"자네라면 틀림없이 영업팀에 지원할 줄 알았는데, 섭섭하다고."

"이런, 죄송합니다."

"하하, 농담이야, 농담. 뭐, 2지망으로 영업팀을 써준 것도 감지덕지하지. 사실 영업팀에 지원한 희망자 자체가 별로 없긴 했거든."

농담으로 듣고 싶은 사실이지만 이게 현실이다.

본래 인간은 편안한 길이 있으면 그 길을 추구하려는 습성이 있다.

처음부터 영업에 뜻을 품고 입사한 사람은 드물 것이다.

가급적이면 사무실에 앉아서 편하게 일하길 원하는 사람들이 대다수지, 거래처에게 굽신거리며 자존심 다 숙이고 스트레스 받아가며 회사 생활을 하려고 하는 사람은 거의 없다.

"여튼 나중에라도 생각이 있으면 전직 신청 하라고."

"어이, 황 부장. 내가 이렇게 두 눈 시퍼렇게 뜨고 버티는데 그런 말을 해도 되는 거야?"

"하하하, 이거 참. 홍보팀 무서워서 살 수가 없겠구만."

엘리베이터가 1층에 안착하자, 영업팀과 홍보팀이 그룹을 이루며 각자 식사를 할 곳으로 흩어진다.

홍보팀이 선택한 곳은 회사 식당 내에 위치한 어느 돈가스 집이었다.

"여기 생선가스 세트로."

"알겠습니다~"

익숙하게 먼저 주문한 구 부장을 따라 다른 사원들도 재빠르게 주문을 한다.

민철은 빠르게 각 테이블별로 숟가락과 젓가락, 그리고 나이프와 물을 세팅해 준다.

빠른 그의 행동에 구 부장이 너털웃음을 터뜨리며 말한다.

"역시 이 친구, 회사 생활은 참 잘할 거 같단 말이야."

"감사합니다."

눈치 보지 않고 먼저 굳은 일을 도맡아 한다.

그게 바로 막내로서의 역할이었다.

그렇게 식사를 마치고 올라온 뒤, 사무실에서 각자 업무에 집중한다.

민철과 대민도 태봉과 서 대리가 알려주는 그대로 앞으로 자신들이 해야 할 업무를 습득해 가기 시작한다.

그리고 드디어 본사 출근의 첫날이 무사히 종료되는 시점이 다가온다.

"회식은 이번 주 금요일 저녁에 하기로 하지. 오늘은 유 실장하고 내가 미팅이 있으니까."

"네."

"그럼 다들 퇴근하라고."

구 부장과 유 실장이 먼저 사무실을 나선다.

눈치 볼 사람이 없어졌으니 굳이 야근을 할 필요도 없어졌다.

"자, 다들 오늘은 일찍 퇴근해요."

"네, 알겠습니다."

서 대리의 말에 따라 하나둘씩 짐을 챙기기 시작한다.

그러나 태봉이만이 아직 할 일이 남았는지 머리를 긁적인다.

"저는 좀 일할 게 남아 있어서… 하다가 들어가겠습니다."

"너무 무리하진 마시구요. 아직 바쁜 시기 아니니까 쉴 때 쉬도록 하세요."

"네, 명심할게요."

한두 명씩 사무실 바깥을 나서는 무렵에, 대민이 민철을 부른다.

"가기 전에 술이라도 한잔할까요?"

"좋죠."

"그나저나 민철 씨는 오늘 어땠어요? 첫 출근 소감이요."

"음… 소감이라…….."

이미 짙은 어둠이 깔린 밤하늘 아래에서 민철은 기지개를 켜며 본사를 올려다본다.

앞으로 자신이 생활해야 할 직장.

그리고 언젠가는 자신의 것이 될 거대한 자본주의의 상징.

"글쎄요. 워밍업 수준이라서 그런지 몰라도 소감이라든지 이런 건 딱히 못 느끼겠더군요."

제7장

장인어른

"으음……."

옅은 침음성을 내뱉으며 부스스한 머리를 매만지는 민철.

아침에 일어난 그에게는 좋은 점 한 가지, 그리고 나쁜 점
한 가지가 기다리고 있었다.

우선 좋은 점이 있다면 오늘이 토요일이라는 것이다.

주 5일제를 착실하게 지키고 있는 청진그룹이라서 민철은
오늘 굳이 출근을 하지 않아도 된다.

그러나 말이 출근을 안 할 뿐이지, 사실은 업무가 있으면 다
들 토요일에도 출근을 한다.

더욱이 청진그룹은 들어가기 힘든 회사답게 주말에 출근을 하거나 야근을 하면 별도로 특별수당을 챙겨준다.

일반 기업이라면 절대로 상상조차 하지 못할 일이지만 그만한 자본력과 대우를 해주는 게 바로 청진그룹 회장인 한경배의 모토이기 때문에 주말 출근에 대해서는 별다른 불만을 품지 않고 있는 게 현실이다.

좋은 점은 이쯤에서 끝내고 나쁜 점을 꼽자면 바로…….

"…실수였어. 마법으로 알코올을 중화시키지 않았다니……."

오랜만에 취하고 싶은 기분이 들어서일까.

출근한 지 첫 주째에 예정된 일정에 따라 이들은 금요일 저녁에 회식 자리를 가지게 되었다.

회식 자리라 하더라도 사실 심곡점과 별반 다를 것은 없었다.

아니, 차이점이 있다면 심곡점에서는 지점장 한 명만이 술고래 역할을 자처했다면 홍보팀은 두 사람이 술고래였다는 점이다.

바로 구 부장과 유 실장이었다.

"더럽게 퍼먹이는 사람들이구만."

민철은 역시나 마찬가지로 거절 없이 모든 잔을 소화했다.

술에는 나름 일가견이 있던 대민이 뻗어버린 탓에 대민의 몫까지 전부 비워줬던 민철이었으나, 이 세계에 온 이후로 한 번도 취한 적이 없어서 호기심으로 인해 마법을 발동시키지 않았다.

그 결과가 바로 이것이다.

"소맥이라는 건… 뒷맛이 엄청 구린 술이로군."

욕지거리를 내뱉으며 지끈거리는 머리를 진정시킨다.

자세를 고르게 하고 천천히 심호흡을 내뱉으며 명상에 잠기기 시작한다.

마나의 흐름에 몸을 맡긴다.

서서히.

그리고 천천히.

수행에 수행을 거듭한 결과, 5클래스 수준까지의 마법까지는 사용할 수 있게 된 그다.

레디너스에 있을 때에는 6클래스까지 마스터를 했던 경력이 있던 터라 어렵지 않게 5클래스까지는 끌어 올릴 수 있었다.

한번 했던 과정이기도 하지만, 그래도 이 세계는 레디너스에 비해 마나량이 풍부하지 않았기에 클래스를 끌어 올리는 데에 꽤 많은 기간이 걸렸다.

그러나 그것도 시간문제에 불과할 뿐, 6클래스까지는 무난하게 달성할 수 있을 것이다.

그 이상이 문제지만 말이다.

그렇다 하더라도 어차피 6클래스 수준의 마법이라도 충분히 이 세계에서는 유용하게 사용할 수 있다.

마법진을 통해서라면 장거리 텔레포트도 가능하니까 말이다.

그렇다 하더라도 마법을 마구 남발해서는 안 된다.

이 세계 사람들은 아직까지 마법을 제대로 인식하고 있지 못하고 있다.

물론 민철이 눈치를 채지 못했을 뿐, 마법의 존재를 아는 자가 있을지도 모른다.

하지만 여태 민철이 이 세계에서 생활한 결과, 그런 이는 보이지 않았다.

괜히 남들에 비해 다른 이상한 능력을 마음껏 부리다가는 무슨 짓을 당할지 알 수가 없다.

스스로 눈에 띄는 표적이 되는 건 달변가로서 가장 피해야 할 행동 방식이기 때문이다.

"웃차."

명상을 마치고 자리에서 일어선 뒤 벽에 걸린 시계를 바라본다.

현재 시각, 오전 9시.

"상당히 늦은 기상이구만."

평소 민철이라면 새벽 6시 혹은 6시 반에 기상해 마나 수련을 하고 출근 준비를 마친다.

그러나 오늘은 주말의 사치일까.

냉장고 문을 열자, 그가 작은 탄식을 내지른다.

"이런……."

어제 술에 취해 오늘 먹을 것을 채워두지 않은 것이다.

난감하다는 듯이 머리를 긁적이던 민철의 귓가에 익숙한 스마트폰 울림이 들려오기 시작한다.

"여보세요."

—민철 씨, 일어났어?

목소리로 구별하자면 체린이 틀림없다.

"이제 막."

—잘됐네. 문 열어봐.

"…뭐?"

—민철 씨 냉장고 텅 비었을 거 아니야. 밑반찬이라도 가져왔으니까.

"……."

겉으로는 사무적인 여성처럼 보여도 속은 매우 따스한 여자.

그게 바로 이체린이 아닐까.

민철은 쓴웃음을 지으며 곧장 현관으로 나가 문을 열어준다.

덜컹!

문고리가 내려가자, 그 앞에 스마트폰을 이제 막 끊은 체린이 특유의 차가운 인상을 풍기며 민철에게 아침 인사를 건넨다.

"잘 잔 모양인가 보네."

"덕분에 말이지."

"아무리 주말이라 하더라도 늦잠은 금물이야. 생활 패턴이 엉망이 되어버리니까. 잘 기억해 둬."

"기억해 둘게."

체린의 깐깐한 말투가 왠지 서미나 대리를 연상시킨다.

얼마 전까지만 하더라도 대민의 취향을 이해할 수 없다며 투덜거렸던 민철이 속으로 스스로의 행동을 반성한다.

서미나보다도 더한 깐순이가 자신의 여자친구였기 때문이다.

"자, 이건 김치. 그리고 이건 장조림이고… 무말랭이도 있어."

"이거 다 어디서 난 거야?"

"내가 직접 했어."

"…뭐?"

실례되는 행동인 줄 알지만, 민철이 무의식적으로 그녀에게 다시 되묻고 말았다.

"내가 만들었어. 반찬 이거 전부 다."

"믿기지가 않는데."

"이래 봬도 요리 잘하는 여자야, 나란 여자는 말이야. 그것보다 냉장고가 진짜 완전히 텅텅 비었네. 굶어 죽을 생각이야?"

"그렇게 비참하게 죽을 생각은 없어."

무언가를 사 먹을 돈이 없다면 이해를 하지만, 민철은 청진 그룹에 입사한 인재답게 제법 빵빵한 월급쟁이로 생활하고 있다.

부족함은 느껴지지 않을 만큼 많은 돈을 받고 있기에 굶어 죽었다는 말은 비현실적인 새드 엔딩이 될 것이다.

"민철 씨, 아침 안 먹었지?"

"보다시피."

씻지도 않은 그의 모습에 체린이 작게 한숨을 내쉰다.

"적어도 옷 정도는 입어줬으면 좋겠는데."

"나는 잘 때 속옷 한 장만 걸치고 자는 습관이 있거든."

"그 습관은 나도 아는데… 아니, 아무것도 아니야."

얼굴을 빨갛게 물들인 체린이 방금 자신이 내뱉은 말을 부정한다.

체린이 민철의 잠자는 습관을 알고 있다는 뜻은 여러모로 많은 의미를 내포하고 있기 때문이다.

"여하튼 씻고 옷부터 입어. 아침밥 차려줄 테니까."

민철의 집에 앞치마가 없을 거라고 확신한 모양인지 봉지에 앞치마까지 준비해 온 체린.

긴 머리카락을 포니테일식으로 묶고, 핑크색의 앞치마를 두른다.

"이렇게 보니까 신혼부부 같구만."

"이상한 소리 하지 말고 빨리 씻기나 해."

체린의 잔소리를 뒤로하며 민철이 피식 웃음을 보인 채 화장실로 들어간다.

*　　*　　*

세면 세족을 마치고 난 이후.

민철이 말끔하게 옷을 입고서 다시 거실에 모습을 드러내자, 아침식사를 마련한 체린이 여전히 앞치마를 두른 채 의자에 앉는다.

"자, 먹어."

"제법 본격적이네."

"독 같은 건 안 탔으니까 걱정하지 말고."

"하하, 그렇게 말하니까 더 무섭네."

된장찌개가 주 메뉴인 간단한 아침식사를 마치고 난 뒤, 민철이 자연스럽게 외출 복장을 갖춘다.

그런 민철의 모습을 바라보던 체린이 만족스럽게 미소를 지으며 말한다.

"내 의도를 잘 알아차렸네."

"아침부터 나를 찾아온 이유야 뻔하잖아. 데이트겠지."

"응. 잘 알아맞혔어."

요즘 들어 체린은 이렇게 민철에게 데이트를 자주 강요하기 시작했다.

심곡점에 비해 주말에 쉴 수 있다는 장점이 있는 본사 출근이라 그런지 더더욱 둘이서 같이 보내는 시간이 늘어난 탓이다.

"오늘은 말이지."

민철의 차에 탑승한 체린이 먼저 말을 꺼낸다.

"갈 곳이 있어."

"데이트 장소는 미리 정해뒀나 보네."

"우리 집이야."

"…뭐?"

순간 운전대를 붙잡은 손이 그대로 얼어붙는다.

방금 체린이 뭐라고 말한 것인가?

민철이 잘못 들었나 싶어서 다시 되묻지만, 체린은 표정변화 없이 똑같은 말을 되풀이한다.

"우리 집이야."

"갑자기 왜."

"아빠가 민철 씨를 만나고 싶어 해."

"나를?"

"응."

"……."

결국 이런 순간이 오고 말았다.

사실 민철은 어느 정도 마음의 준비를 하고 있었다. 계속적으로 체린과 교제를 하게 되면 분명 언젠가는 카페 머메이드의 대표와 만나야 하는 순간이 올 것이라고 말이다.

물론 민철은 머메이드의 대표가 어떤 사람인지 직접 대면한 적이 없다.

체린을 통해서 들어본 말을 종합하자면 꽤나 우직한 사람이라고 들었다.

성격이라고 치자면 말 그대로 상남자라고 한다.

그런 사람이 어떻게 사업에서 성공을 할 수 있었던 걸까.

편견일지 모르지만 우직하고 다혈질적인 사람은 사업적인 체질이 아니라고 민철은 생각하고 있었다.

'하긴, 세상에는 학문적으로도 설명할 수 없는 현상이 많은데, 하물며 인간의 편견으로 모든 것을 판단한다는 건 섣부른 판단이지.'

그렇게 다시 한 번 자신의 어리석음을 깨달으며 민철은 체린이 찍어주고 있는 내비게이션을 바라본다.

이들이 도착한 곳은 강남의 어느 한 도장이었다.

집으로 갈 줄 알았는데, 제법 좋아 보이는 유도 도장에 도착한 터라 민철은 자연스레 체린에게 물을 수밖에 없었다.

"너희 집이 여기야?"

"집이라기보다는… 이 건물 통째로 우리 집이야."

"…그래?"

"건물 안에 유도 도장이 있는 것일 뿐이고. 우리 아버지 취미거든. 고등학교 때 유도 선수셨어."

점점 더 체린의 아버지라는 인물에 대해 상상이 안 가기 시작한다.

엘리베이터를 타고 도장으로 향하는 과정에서 민철은 이 기이한 만남에 대해 끊임없이 머릿속을 정리한다.

화술을 발휘해야 할 때는 여러 가지 상황이 주어진다.

민철이 주로 자신의 말솜씨를 발휘했던 적은 회사, 즉 직장과 업무에 관련된 상황이 압도적으로 많았다.

그러나 말이라 함은 업무에서만 그 위력을 발휘하는 게 아니다.

이렇게 여자친구의 부모님과 대면할 때에도 화술은 유감없이 자신의 위력을 과시하는 법이다.

최대한 좋은 인상을 심어주기 위해 달변가로서의 자질을 보여줘야 한다.

이번 전장의 주 포인트는 바로 체린의 아버지에게 자신에 대한 '신뢰'를 얼마만큼 심어줄 수 있느냐의 싸움일 것이다.

딸을 믿고 맡길 수 있을 정도의 신뢰는 좀처럼 낮은 기준을 가지고 있지 않다.

아마도 설득 부류의 화술 작업에 있어서는 난이도가 최상 위권에 속하지 않을까 싶다.

일반적으로 아버지가 딸의 남자친구를 보고 싶다고 한다면 독보적인 이유가 있다.

바로 그 남자친구의 인물됨을 직접 두 눈으로 보겠다는 뜻 이다.

'주말에는 좀 쉬고 싶었는데…….'

말은 그렇게 해도 벌써부터 가볍게 입을 풀기 시작하는 민 철이었다.

오기 전에 바람 계열 마법을 발동시켜 사전에 술 냄새가 주 변에 풍기지 않도록 해둔 것이 큰 효과를 보여주고 있었다.

여자친구의 아버지와 대면하는데 술 냄새를 풍길 수는 없 지 않은가.

도장 입구로 들어서자마자 거친 사내들의 땀 냄새가 확 와 닿기 시작한다.

그 순간, 민철은 쓴웃음을 지을 수밖에 없었다.

'차라리 술 냄새가 더 나을지도 모르겠군.'

일순간 마법을 해제할까 말까 고민을 하던 그를 뒤로하고 체린이 손을 흔들며 체격 좋은 한 중년 남성을 부른다.

"아빠, 민철 씨 데려왔어요."

엄청난 거구에 사각형의 턱을 지닌 남성이 민철을 향해 뚜벅뚜벅 다가온다.

지진이 울리는 게 아닐까 할 정도로 쿵쿵거리는 소리와 함께 민철과 똑바로 마주 선 남성이 중저음의 목소리와 함께 자신을 소개한다.

"이승부라고, 체린이 애비 되는 사람이오."

"이민철입니다. 잘 부탁드리겠습니다, 아버님."

이 사람이 바로 그 유명한 카페 머메이드의 수장!

딱 봐도 말이 제대로 먹혀들어 갈 것 같지 않은 외형에 민철은 속으로 한숨을 내쉴 수밖에 없었다.

이 사람한테 과연 자신의 화술이 얼마나 통할지는 두고 봐야 할 일이다.

*   *   *

이승부.

이름처럼 뭔가 사내대장부의 느낌이 물씬 풍기는 그런 느낌이었다.

"방석 가져올까요?"

체린이 승부에게 묻지만, 들려오는 대답은 예상외였다.

"굳이 앉을 필요가 있나."

"네?"

"이민철이라고 했었나… 혹시 자네, 유도 했던 적 있나?"

대뜸 민철에게 유도 경력을 묻는다.

누가 들으면 생뚱맞은 질문으로 들릴지 모르겠지만, 민철은 순간 이 남자가 자신을 테스트함을 눈치챌 수 있었다.

"정식으로 배운 적은 없습니다."

"그렇군. 간단하네. 자네가 나를 잡고 바닥으로 쓰러뜨리기만 하면 돼."

"그 말씀은, 저와 대련을 하겠다는 뜻으로 받아들여야 하는 겁니까?"

"물론이지."

승부는 다년간 유도를 배운 남자다. 그런 사람이 한 번도 유도를 배워본 적 없는 민철과 가볍게 대련을 하고 싶다는 말을 들려준다.

상황이 이상하게 흘러감을 알아차린 민철이 속으로 혀를 찬다.

'가장 피하고 싶은 상황이군.'

승부가 노리는 게 뭔지 단박에 눈치를 챘다.

민철은 지금까지 말이라는 수단을 통해서 위기를 극복해 왔다.

아니, 위기를 오히려 기회로 만들어왔다.

체린을 통해서 승부가 민철의 화술에 관련된 일화를 접하지 않았을 리가 없다.

"난 사실 말을 잘 못해서 말이야. 그래서 이렇게 직접 몸으로 부딪치면서 그 사람의 성향을 파악하지. 남자란 존재는 본래 머리보다는 행동이야. 안 그런가?"

"…그렇군요."

"나는 세 치 혀의 재주보다 나와 맞설 수 있는 용기를 가진 남자를 더 선호하네. 무슨 뜻인지 알고 있겠지?"

피할 길이 없다.

이렇게까지 말을 하는데 민철이 여기서 '저는 유도 할 줄도 모릅니다' 라는 말을 하며 뒤로 내뺄 수도 없게 된 것이다.

그러나 승부가 노리는 것은 민철을 때려눕히겠다는 것이 아니다.

사람의 행동은 그 사람의 성향을 나타내는 가장 대표적인 수단이라고 볼 수 있다.

말, 그리고 행동.

승부는 민철의 장기라 할 수 있는 '말'이라는 형태를 봉인해버리고 행동을 선택했다.

민철을 이길 수 있는 가장 효율적인 방법이기도 하다.

'어쩐담.'

사실 민철은 말이든 행동이든 질 생각은 하지 않는다.

하지만 문제가 있다면 승부가 어떤 성향의 사람을 선호하는지, 그리고 그가 원하는 대답이 무엇인지를 제대로 파악하지 못했다.

본래대로라면 '대화'라는 수단을 통해 그 사람의 성향을 파고드는 게 민철의 장기지만, 직접 행동으로 부딪치게 되면 꽤나 난감한 작업이 되어버린다.

"옷을 갈아입어도 되겠습니까?"

"물론이지."

승부가 씨익 웃으며 민철의 선택에 매우 만족스러운 미소를 짓는다.

할 수밖에 없다.

체린을 포함해서 카페 머메이드는 앞으로 민철에게 매우 중요한 사업적 파트너가 될 것이다.

체린은 물론 무조건적으로 민철을 응원하겠지만, 머메이드 대표는 체린이 아니라 이승부다.

이 남자에게 인정받아야 한다.

그러기 위해 민철은 스스로 고난의 길을 선택하게 된다.

도복으로 갈아입은 민철이 가볍게 호흡을 내쉰다.

민철의 외형을 지그시 바라보던 승부가 예상외라는 듯이 말을 꺼낸다.

"제법 운동은 꾸준히 한 모양인가 보군."

"체력은 국력이라는 말이 있으니까요."

"하하, 좋은 말이지."

그와 동시에 자세를 취하는 승부의 눈에 이채가 어린다.

"언제든지 덤벼보게."

"그럼 사양하지 않겠습니다!'

파박!

지면을 박차며 승부를 향해 나아가는 민철의 동공이 빠르게 움직인다.

정면으로 치고 오는 민철을 향해 승부가 살짝 옆으로 몸을 뺀다.

이윽고 오른손을 뻗어 민철의 멱살을 노린다!

'그렇군……!'

속도를 죽이며 상반신을 반대쪽으로 돌린 민철이 재빠르게 승부의 뒤쪽으로 돌아간다.

순식간에 뒤를 잡힌 승부.

하지만 그는 그다지 큰 위협을 느끼지 않았다.

체격만으로도 이미 민철보다 압도적인 덩치를 자랑하고 있다. 뒤를 잡았다 하더라도 민철이 승부를 넘어뜨리려면 힘으로는 절대로 불가능하다.

다리를 걸거나 하지 않는 이상은 힘들다. 그 점만 조심하면 된다.

보통 유도에는 허락할 수 없는 행동이지만, 승부는 유도를 배운 적 없는 민철에게 그 정도의 자유로운 행동은 허락했다. 그가 어떤 공격을 해오더라도 승부는 자신의 말을 번복할 생각이 없다.

그러나 민철은 다리를 걸 생각 따위 하지 않는다.

힘의 대결을 원하는 사나이에게는 힘으로써 보답하는 게 정답이다!

'스트렝스!'

우우우우웅!

마나 버프가 빠르게 민철의 전신을 휘감는다.

5클래스 스트렝스가 발동되자마자 민철이 그대로 승부의 허리를 두 팔로 감싼다.

'힘으로 넘어뜨리겠다는 건가! 멍청한 녀석이로군!'

속으로 민철의 어리석음을 한탄하는 승부였다.

사람은 때로는 기교도 부릴 줄 알아야 한다.

다른 사람이 보기에는 멋이 안 날 수도 있다. 폼이 안 날 수도 있다. 하지만 그게 무슨 상관이가.

상대방을 쓰러뜨릴 수 있으면 그만이다!

현대에 얼마나 많은 배신과 거짓말이 난무하는가. 올곧은 태도로만 세상을 살아갈 수는 없는 환경이 되어버린 것이다.

민철이라면 기교 있게 승부의 빈틈을 정확하게 찌를 거라고 생각했다.

그러나 민철은 승부의 생각과는 달리 정면으로 도발을 시전한 것이다.

그것이 민철을 패배로 이끌 수도 있다.

힘 싸움으로 치달으면 승부가 질 리가 없기 때문이다.

하지만 그가 생각지 못했던 요소는 바로 민철이 마법을 사용할 수 있다는 점이었다.

"흡!"

짧은 기합 소리와 함께 그대로 민철이 허리를 꺾는다!

승부의 몸이 180도로 돌아가면서 공중제비를 도는 것이 아닌가!

"마, 말도 안 돼!"

두 사람의 대련을 지켜보던 수강생들이 믿을 수 없다는 듯이 소리를 내지른다.

몸무게가 거의 100㎏에 육박하는 승부를 그대로 뒤로 젖혀 버린 것이다!

사나이는 때로는 행동으로 보여줘야 할 때가 있다.

그 행동을 민철은 유감없이 직접 보여주고 있었다.

하지만 승부도 결코 호락호락하지 않았다.

쿵!!!

묵직한 소리와 함께 그대로 회전력을 역으로 이용해 발바닥이 가장 먼저 지면에 닿게끔 순간적으로 무게중심을 잡은 것이다.

본래대로라면 어깨를 포함해 상반신이 바닥에 곤두박질쳤어야 정상이지만 비정상적인 균형 감각과 반사 신경을 이용해 발부터 착지하는 데에 성공한 것이다.

곧장 승부의 허리에서 손을 뗀 민철이 거리를 벌린다.

'쳇……'

혀를 차면서 방금 그 일격이 제대로 통하지 않았다는 것에 대해 한탄한다.

스트렝스 마법을 이용해 기습적으로 비약적인 힘을 발동시켜 단판으로 경기를 끝내 버리려 했던 민철이었으나 기습이 통하지 않았다.

그 말인즉슨…….

앞으로 두 번은 통하지 않을 거란 소리와도 마찬가지다.

"놀랐어. 자네, 생각보다 힘이 장사군."

"칭찬 감사합니다."

"상대를 정면으로 응시하고 승부를 걸 자신감이 있는 청년이 왜 내 딸을 이용하는지 모르겠군."

"……."

"이야기 들었네. 돈냥 대표에게서 계약 건수를 따내기 위해 내 딸을 그 자리에 앉혔다고 말이야."

승부의 말이 들려옴에도 당사자이기도 한 체린은 그저 두 남자들을 응시할 뿐, 별다른 말은 하지 않는다.

"본인의 힘으로 계약을 따내기 어려워서 내 딸을 보험차 이용했다는 게 마음에 안 든단 말이지."

"그렇게 생각하신다면 저도 뭐라 드릴 말씀이 없습니다. 분명 체린이 덕분에 제가 이득을 본 건 사실이니까요."

"변명하는 것보다 솔직히 인정하는 그 태도만큼은 높게 사주도록 하지!!"

이번에는 승부가 먼저 민칠에게 달려든다.

육중한 몸집에 비해 비교적 빠르게 움직이는 동작에 민칠이 순간적으로 당황한다.

그러나 이내 침착함을 유지하며 또 한 번 마법을 발동시킨다.

'헤이스트!'

빠르게 옆으로 빠져 승부의 돌진을 회피한다.

"제가 체린을 이용한 건 맞습니다. 하지만 저도 그에 따르는 보답을 할 생각입니다."

"지금 당장의 위기를 회피하기 위한 거짓말 따윈 필요 없네!"

"사실입니다. 본래 몇 마디 말보다는 직접 오고 가는 물질적인 거래가 있어야 더더욱 신뢰를 돈독하게 여길 수 있다고 생각합니다. 체린에게 받은 만큼 언젠가는 체린에게… 아니, 대표님이 운영하시는 머메이드에 분명 제 존재가 도움이 될 거라고 생각합니다."

"듣자 하니 체린은 자네의 미래에 투자했다는 말을 하더군. 자네가 그만큼 가치 있는 존재라는 걸 증명하려면 시간이 꽤 걸릴 터인데 내가 그 말을 믿을 수 있겠나?"

"그럼 보여 드리겠습니다."

터업!

옆으로 빠졌던 민철이 그대로 오른손을 뻗어 승부의 팔목을 잡는다!

이윽고 다시 한 번 스트렝스 버프 마법을 활성화시키며 거대한 덩치의 소유자, 승부에게 엎어치기를 시도한다.

쿠우웅!!

거대한 몸이 그대로 바닥에 내동댕이쳐진다.

일격으로 그를 순식간에 내팽개친 것이다!

"하아… 하아……."

호흡을 몰아쉰 민철이 도복을 정돈하며 말한다.

"조만간 제가 기둥서방 입장이 아니라는 걸 증명해 드리겠
습니다."

"…네가 할 수 있을까?"

"할 수 있습니다. 남자로서의 자존심을 걸겠습니다. 머지
않아 제가 머메이드에게 소소한 이득을 가져다 드릴 겁니
다. 물론 크진 않겠지만요. 하지만 절대로 작지도 않을 겁니
다."

"……."

민철이 슬쩍 손을 내밀자, 승부가 쓴웃음을 지으며 민철의
손을 마주 잡는다.

분명 예상치 못한 변칙 공격을 할 수 있었던 순간도 많았다.

그러나 민철은 정면으로 승부와 대결했다.

힘과 힘의 대결에서 승부가 패배한 것과 다름이 없다.

"사람은 능력이 있어야 하네."

체린에게서 수건을 건네받은 승부가 땀을 닦아낸다.

"난 내 딸의 인생 정도는 책임질 수 있는 그런 남자를 원하
네. 자네라면 일단 그런 가능성은 보이는군."

"감사합니다."

"하지만 가능성이 있다는 것과 실제로 그 가능성을 증명해 보이는 건 별개의 일이야. 가능성은 누구라도 가지고 있어. 거지에게도, 그리고 재벌 2세에게도 가능성은 무궁무진하지. 다만, 그 가능성을 실현시킬 수 있는 기회가 주어지느냐 마느냐의 차이야. 자네가 지닌 그 가능성을 현실로 이뤄내려면 본인이 스스로 기회를 쟁취해야겠지. 거기서부터 사람의 부류가 갈라지네. 그때 기회를 쟁취할 수 있느냐 없느냐에 따라 바로 능력이 있고 없고가 갈리게 되는 거지."

"숙지하겠습니다."

"한번 내뱉은 말은 실천으로 옮겼으면 하네. 기대해 보지."

그렇게 말하며 도장 바깥으로 발걸음을 옮긴다.

가볍게 한숨을 내쉰 민철에게 체린이 수건을 건네준다.

"수고했어."

"…가만히 보고만 있던데. 혹시 이렇게 될 거라는 걸 알고 있었던 거 아니야?"

"응, 알고 있었어. 우리 아빠는 나에게 접근하는 남자들은 저런 식으로 해서 패대기를 쳐 버렸거든."

"……."

"물론 우리 아빠를 오히려 역으로 쓰러뜨린 건 민철 씨가 처음이지만."

"영광이구만. 거 참."

땀을 닦기 시작하는 민철에게 체린이 긴 머리카락을 쓸어내리며 묻는다.

"이긴 것까진 좋지만, 방금 그 말은 무리수라고 생각해."

"뭐가?"

"민철 씨는 이제 막 홍보팀으로 들어간 일개 사원이야. 겨우 인턴 끝난 사원이 뭘 하겠다는 거야? 게다가 청진그룹에 종사하는 사람이 어떻게 머메이드에 이득을 가져다주겠다는 말을 하는지 모르겠어. 그건 허세잖아."

"아직 나에 대해서 잘 모르는구나."

민철이 본인보다 키가 작은 체린의 머리를 쓰다듬어 주기 시작한다.

민철보다 연상임에도 불구하고 왠지 어린애 취급을 받는 듯한 기분이 든 체린이었지만, 그래도 그리 나쁘진 않는 모양인지 민철을 올려다보며 되묻는다.

"방법이라도 있는 거야?"

"물론이지."

얼마 전, 민철은 최근 홍보팀에 걸려온 클레임을 접한 적이 있었다.

진작부터 그것을 활용할 생각이었다.

"조만간 좋은 소식이 들려올 거야."

위기를 기회로.

민철이 좋아하는 말이기도 하다.

『회사원 마스터』 3권에 계속…

FUSION FANTASTIC STORY

미더라 장편 소설

ODD LAWYER

Devil's Balance

괴짜 변호사
악마의 저울

『즐거운 인생』 미더라 작가의
2015년 대작!

현직 변호사, 형사, 프로파일러, 범죄심리학 전문가 자문으로
현장의 생생함을 그대로 담아낸 현대 판타지!

『괴짜 변호사 : 악마의 저울』

"제가 왜 한 번도 패소한 적이 없는 줄 아십니까?"

"……"

"저는 법으로만 싸우지 않거든요."

법의 칼날 위에서 춤추는 자들과의
치열한 공방이 펼쳐진다!

Book Publishing CHUNGEORAM

독고진 장편 소설
FUSION FANTASTIC STORY
100마일
100MILE
160.9344km.
투수라면 누구나 던지고 싶은 공.
『100마일』
"넌 야구가 왜 좋아?"
야구가 왜 좋냐고?
나에게 있어 야구는 그냥 나 자신이었다.
가혹할 정도의 연습도,
빛나는 청춘도 바쳤다.
그리고 소년은 마운드에 섰다.
이건 역사상 최고의 투수를 꿈꾸는
어떤 남자의 이야기이다.
Book Publishing CHUNGEORAM
유행이 아닌 자유추구 -
WWW.chungeoram.com

FUSION FANTASTIC STORY

니콜로 장편 소설

아레나
이계사냥기

『경영의 대가』
니콜로 작가의 신작 소설!

서른을 앞둔 만년 고시생 김현호,
어느 날, 꿈에서 본 아기 천사에게 충격적인 이야기를 듣는데……

"모르시겠어요? 당신 죽었어요."

뭐?! 내가 죽었다고?

"그리고…… '율법' 에 의해 시험자로 선택받으셨어요."

김현호에게 주어진 시험!
시험을 완수해야만 살 수 있다.

현실과 제2차원계 아레나를 넘나들며,
새 삶의 기회를 얻기 위한
그의 치열한 미션이 시작된다!

Book Publishing CHUNGEORAM

유행이 아닌 자유추구 -
WWW. chungeoram.com